兰泊宁

／著

诗词里的中国

李清照词传

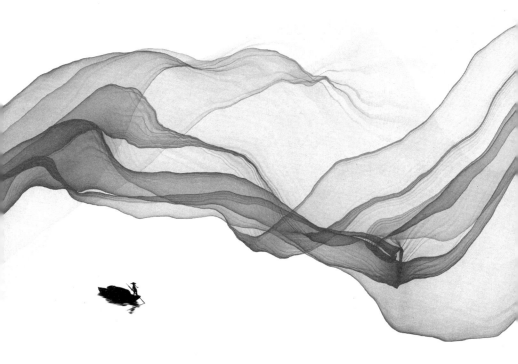

天地出版社 | TIANDI PRESS

诗词里的中国

李清照词传

雨打芭蕉，莫道不销魂

李清照那首著名的《声声慢》美得决绝而凄冷，一句"寻寻觅觅，冷冷清清，凄凄惨惨戚戚"，几乎成了她的专有名牌，彪炳于文学史。中国三千年的古代文学史中，在登峰造极的女性作家中李清照占有一席之地。李清照别名李易安，一位才华横溢、懿德睿智，从锦衣玉食到颠沛流离的旷世才女，一朵不修藻饰、傲立文坛千年的绝世奇葩。清人李调元在《雨村诗话》中这样评价她："易安在宋诸媛中，自卓然一家，不在秦七、黄九之下。词无一首不工，其炼处可夺梦窗之席，其丽处直参片玉之班，盖不徒俯视巾帼，直欲压倒须眉。"是的，她是横绝一时、独一无二的，是中国文学史上一等一的才女，"词家一大宗"。

　　她有许多个人标签：千古第一才女、一代词宗、词坛女皇、婉约宗主、乱世美神，与唐代李白、南唐李煜并称"三李"，与李煜合称"词坛二妖"，才名贯绝古今，鲜有人能出其右。

　　北宋朱彧在《萍洲可谈》中写道："本朝女妇之有文者，李易安为首称。易安名清照，元祐名人李格非之女。诗之典赡，无愧于古之作者；词尤婉丽，往往出人意表，近未见其比。"

　　明代陈宏绪在《寒夜录》中评道："古文、诗歌、小词并擅胜场。虽秦黄辈犹难之，称古今才妇第一，不虚也。"

　　足可见她在中国文坛的地位。其实李清照存世的作品并不多，词五十余首、诗作十余首、文章八篇，总数也不过七八十，然细细品读，却总能收获良多。区别于苏轼的豪放、柳永的通俗、周邦彦的格律精严，李清照的词可谓独树一帜。那些清丽的句子，在你眼前流淌，不费吹灰之力便沁人心脾，水一般清灵、纯澈、纤尘不染，能荡涤灵魂、唤醒孤独，让你欣然而笑，又泪落如雨。这就是她的文字的力量。

　　在她笔下，青春的少女是何等的娇俏，"见客入来，袜刬金钗溜。和羞走，倚门回首，却把青梅嗅"；而爱情又是如此的令人陶醉，"怕郎猜道。奴面不如花面好。云鬓斜簪。徒要教郎比并看"；小别之下，相思情浓，恁般无法割舍，"一种相思，两处闲愁。此情无计可消除，才下眉头，却上心头"；至于国破家亡，天涯孤旅，又是何等的凄楚，"寻寻觅觅，冷冷清清，凄凄惨惨戚戚""怎一个愁字了得"，内心深处惦念着昔日功败垂成的英雄悲剧，发出"生当作人杰，死亦为鬼雄"的呐喊，垂垂暮年，仍能发出"木兰横戈好女子。老矣谁能志千里，但愿将相过淮水"的铿锵之声。

在她笔下，四月雨后的清晨，海棠正"绿肥红瘦"，月华如水的春夜，"秋千巷陌，人静皎月初斜，浸梨花"。艳阳之下，廊下的牡丹开得正好，"容华淡伫，绰约俱见天真"。至于夏日，则难免会兴起乘舟"误入藕花深处"。秋日里的白菊如雪似玉，"渐秋阑、雪清玉瘦，向人无限依依"，桂花则"暗淡轻黄体性柔，情疏迹远只留香"。如冬日，"雪里已知春信至，寒梅点缀琼枝腻"……

在她笔下，梅兰竹菊俱有情，南地的芭蕉不懂离人心绪，那春水载不动浓愁；在她笔下，春花秋月俱可意，无数相思浓愁何寄？她如花开，自是世间一流；在她笔下，清酒浓茶俱是知己，多少次明窗小酌、暗灯清话，人比黄花瘦。

窃以为，所谓好词，大抵在最初的时候，它触动人心，而最后，它与岁月恒久。那清新素淡的日子，在她笔下生动鲜活；那结着轻愁的爱情，在她笔下旖旎动人；那国破家亡的绝望，在她笔下如刀戮戮。绝望之后的呐喊，则更令人震撼、动容。她代表了一个时代文学的最强音，绝望里有希望，哀伤里有坚强、有气度、有担当，这是一个乱世弱女子的风骨，也是千百年来无数人的精神偶像。

可我们读到的，仅仅是这些吗？分明不是。

那词章里，有千千万万个怀春少女，有千千万万个痴狂爱侣，有千千万万次自由洒脱，有千千万万种相思愁肠。她早已逝去千年，却又从未远离，一直陪伴着我们，走过春夏秋冬、桃李芳华，走过人生喜乐、爱恨悲欢，走过希望，也走过绝望。

她的词章里，有笑，亦有泪；有你，亦有我。

李清照从乱世中走来，以独具一格的诗词成就了属于她的传奇一生，最终傲立于中国文学之林，指引着我们去追求、寻觅。

在男性占主宰地位的中国古代文学史中，李清照的出现就好像一个美好的意外。而如今，穿越千年的时光，我们品读李清照的诗词，怀念、追思、憧憬，并在那字里行间发现她，发现自己，再试着将心中的那些或深或浅的忧伤缓缓释放，升华成对明亮的向往。

目录

·第一章· 绿肥红瘦如梦令

·第十一章· 婉约绚丽的旷世奇葩

绿肥红瘦如梦令

芳华千秋女人花

敏感的女子能从花信里感知生命的信息——从花期短暂感知青春短促，从花开花落感知世事无常，所以她们爱花、惜花。爱花即是爱己，惜花即是惜青春，《红楼梦》里埋香冢、泣残红，葬花的颦儿正是天造万物里极具性灵的一个。

女人的一生恰如一朵花从开到落的过程。

《漱玉词》中处处有花的姿容、花的魂魄。李清照以一颗玲珑心写那些陪伴她走过青春和人生的花儿，而那些花儿正是她生命的缩影。在似水流年里，这些花儿让她欢喜、忧愁，而她亦是一朵与众不同的花，一朵历经红尘劫的花。

李清照笔下的梅：此花不与群花比

雪里已知春信至，寒梅点缀琼枝腻。香脸半开娇旖旎，当庭际，玉人浴出新妆洗。

造化可能偏有意，故教明月玲珑地。共赏金尊沉绿蚁，莫辞醉，此花不与群花比。

——李清照《渔家傲》

她站在暗影重重的一角，观望着这一世风月，默默地感知到了那春信已至，纵使这世界依然白雪皑皑、处处冰霜。爱上一件物与爱上一个人本没有区别，可以是经年酝酿的情意，也可以是一瞬间的相遇。她无法对独占春首的梅花熟视无睹。

李清照一生钟爱梅花，她写梅花的词也最多，时间跨度从少女时代到老年，爱梅之情长达一生。在这首格调明朗、清新的《渔家傲》中，那梅如同娇羞的少女，娇媚旖旎，却又仿佛暗藏不可思议的力量。是的，雪天里凌寒开放、覆盖着白雪的梅枝，犹如天工雕出的琼枝，高洁绝尘，它那香气馥郁的面庞半露半隐，柔美又娇丽，静立在琼枝端处，那是只有美人出浴才能拥有的美，着一身新装，洗尽铅华，玉洁冰清，她无法不去爱它。

可能大自然对梅花情有独钟，所以才有意让今晚的月色分外明亮。月光下，雪地上，一树梅花傲然吐蕊，暗香浮动，越发显示出冰清玉洁的秉性、气质。此时此地，月朗星稀，夜色朦胧，仿佛一切的景致都在与之映照，为之衬托。既然连化育万物的造物者都格外宠爱梅花，就让我们给金樽倒满美酒，趁着浓浓酒兴，一同来观赏这月下初放的梅花吧。不要怕醉了，要知道那百花之中谁能与这梅花相比呢？这一夜，它在她的眼里非比寻常。她赏花，也赏读着此时此刻自己心底的情愫，她知道她会从它的身上看出来一些什么，那是生命里的孤标傲世，她知道它是不一样的，她也知道自己是不一样的。

这首咏梅词极具少女李清照卓然独立、孤高不群的个性与气质。外意写梅，内意写人，亦花亦人，形神宛肖，浑然一体。李清照总是如此擅长将情意融入她眼目之下的一草一木，深情流转却又不动声色，如此稳妥。南朝齐梁诗人何逊在《咏早梅/扬州法曹梅花盛开》中写道："兔园标物序，惊时最是梅。衔霜当路发，映雪拟寒开。"梅花开于冬春之交，总是最能惊醒人的时间意识，在这时刻清醒地守望，不偏不倚地提醒着人们人世来往。梅花在国人的观念里被赋予了太多的生命意象，孤独、傲世、殊胜。"万花敢向雪中出，一树独先天下春。"所以梅花又称"东风第一枝"。李清照在自己的喜好里选择了它，以此来匹配自己的意志。

在李清照笔下，凌寒吐艳的梅花是一个有生命的美人。晚唐诗人韦庄将美人比做梅花："一枝春雪冻梅花，满身香雾簇朝霞。"何其美艳高洁。明代高启《梅花》诗有云："琼姿只合在瑶台，谁向江南处处栽？雪满山中高士卧，月明林下美人来。"月下梅花之状又何其高洁绝尘。少女时代的李清照才华绝世，对生活充满了热烈的憧憬和向往，她笔下的文字充满了青春生命热烈、奔放的活力，而她也活成了一枝梅花，以红颜女儿身来经历她的红尘劫。正如李清照故居门口悬挂的那副楹联所写：与青莲后主齐名，词坛载誉称三李；同绿绮梅花做伴，杏靥含愁寂半生。

　　玉瘦香浓，檀深雪散。今年恨、探梅又晚。江楼楚馆，云闲水远。清昼永，凭栏翠帘低卷。

　　坐上客来，尊前酒满，歌声共、水流云断。南枝可插，更须频剪，莫直待西楼、数声羌管。

——李清照《殢人娇·后亭梅花开有感》

　　卓尔不群的梅，纵然已是玉瘦，却也抵不过它的肆意浓香，可惜已经错过花期，一任好时光，残落满地。长江之滨，楚地南天有楼馆亭台。举目眺望，梅树琳琅。凭栏放眼远望，她蓦地觉着这昼日太清冷、太漫长，便信手卷弄着低垂的翠色帷帘，此时此地，娴静里应有惆怅。有客拜访，她为客人斟满酒，良友相聚，自当达旦畅饮。她利索地收起霖霪情绪，与亲朋纵歌抒怀，水流云断。她之所以殊胜于其他女子，除了卓绝的才情、芳洁的人格，还有她性格里的坦荡、利落与狷介。时而婉约，时而豪放，这就是李清照的磊落与光明。醉意阑珊时，她猛然再一次瞥见了它，南边向阳枝头上的梅依旧令她喜爱至极，这春意已渐次阑珊，若不趁着方开未谢攀折供插，那份疏梅冷香怕是要稍纵即逝了。切莫等待，徒留冷香枯萎时再惆怅流连。

《漱玉词》中有十五首写到梅花，其中有六首是专门咏梅的。李清照和梅是灵犀相通的，纵然心中有百般惆怅，亦不愿做半分的吐露。她可以绵软如絮，亦能刚硬如铁，这首咏梅词《殢人娇》写得极为含蓄。古人赏梅讲究"四贵"：贵曲不贵直，贵疏不贵密，贵梅花之瘦不贵其肥，贵梅花之合而不贵其开。她在词作里对梅花意象的塑造融合了自己在不同生活时期的独特体验，对梅花的描述刻进了她内心的跌宕与大时代变迁的印迹。纵然词婉，但也是可以提炼归纳出来的。

这时的李清照已经历了大苦大难，有了一种特别的能量，具备了万事泰定的技法，吞吐自如，旁人是看不出她淡然一笑背后所藏匿的汹涌澎湃的。

李清照笔下的银杏：玉骨冰肌未肯枯

风韵雍容未甚都，尊前甘橘可为奴。谁怜流落江湖上，玉骨冰肌未肯枯。

谁教并蒂连枝摘，醉后明皇倚太真。居士擘开真有意，要吟风味两家新。

——李清照《瑞鹧鸪·双银杏》

在这首词中，李清照借物咏情，借双银杏之被采，离开母体，来表达自己与丈夫赵明诚在战乱中背井离乡，流落于江湖，却心心相印、忠贞不屈的情怀。

双银杏，就是并蒂而生的银杏。论风度气韵、形象仪态，银杏算不上高贵华丽，然而，和它相比，就算是酒樽前耀眼的柑橘都稍嫌逊色、甘拜下风了。离开树枝流落于江湖的双银杏，无人怜惜，却依旧玉洁冰清，坚守自我，不肯枯萎。词中"玉肌冰骨"指忠贞的品格、高洁的志向；"未肯枯"表示不放弃理想、不屈服于乱世的文人风骨。

接着她又写道：是谁摘下了这并蒂连枝的银杏？这两颗银杏虽被摘下，却连在一起，相依相偎，亲密无间。这也和易安居士眼前的情况有些相似——两个有情人被迫离开了家乡，但好在能相互依偎。

结尾句"居士擘开真有意，要吟风味两家新"使用了"谐音"，"新"字的谐音是"心"，表示夫妻同心。易安居士亲手掰开这并蒂的银杏，与夫君分享，一人一颗，情意甚浓，吟颂它的甘美清新，彼此将滋味与情意珍藏在心间。

这一首《瑞鹧鸪·双银杏》大约作于李清照南渡之后。当她历经流离转徙来到江宁与赵明诚相聚，必定需要一段时间来平静内心的波澜。在来到江宁之前，她独自颠簸，历经艰辛，加之当年赵明诚重返仕途在莱州任知州时，亦曾一度因为李清照没有为他诞育子女，而蓄养侍妾歌姬冷淡疏离她。

李清照笔下的白菊：恨萧萧无情风雨

小楼寒，夜长帘幕低垂。恨萧萧、无情风雨，夜来揉损琼肌。也不似、贵妃醉脸，也不似、孙寿愁眉。韩令偷香，徐娘傅粉，莫将比拟未新奇。细看取、屈平陶令，风韵正相宜。微风起，清芬酝藉，不减酴醾。

渐秋阑、雪清玉瘦，向人无限依依。似愁凝、汉皋解佩，似泪洒、纨扇题诗。朗月清风，浓烟暗雨，天教憔悴度芳姿。纵爱惜、不知从此，留得几多时？人情好，何须更忆，泽畔东篱。

——李清照《多丽·咏白菊》

人生惆怅如长梦，秋风黄花终归醒，年华似水，心如素简，人淡如菊。李清照这首词是《漱玉词》中最长的一首慢词。黄叶纷飞的季节，白菊开花了，素白的花丝在微寒的空气里轻轻摆动，让人忧伤的夜晚又一次降临，伴着淅淅沥沥的秋雨。

寒秋，帘幕低垂，疾风骤雨。她担心庭院中的丛丛白菊花会被潇潇风雨无情摧损。可早上醒来，看到遭到风雨摧残后的白菊依然美好，李清照心动了，她铺开纸张带着意气一口气写下一首长长的词。这首词一改往日恬淡的风格，众多的历史典故在她胸中化为种种具象事物，信手拈来，随意挥洒。

白菊化为一位绝代佳人，既不像唐时的杨贵妃醉酒后的绯红脸庞，回头一笑百媚生，也不像东汉权臣梁冀之妻、色美而善作妖态的孙寿描成纤细弯曲的愁眉，丰姿媚人；而贾充女儿私赠情人韩寿的奇香异馨，还有徐娘半面妆上所涂抹的白粉，更不能与白菊相比。细细看来，屈原和陶渊明那孤傲高洁的品性正与白菊相宜。微风吹起，白菊的清香蕴藉，丝毫不亚于淡雅的酴醿（酴醿即荼蘼花，花黄如酒，开于春末）。秋天将尽，白菊越发显得雪清玉瘦，似向人流露出它对人间的无限依恋。你看它似忧愁凝聚，犹如郑交甫在汉皋遗落多情仙子所赠的玉佩；似洒下一掬清泪，如班婕妤被汉成帝冷落而在团扇上挥翰题诗。白菊享受过明月清风的日子，也经受了浓雾秋雨的时刻，是老天偏要让这白菊在日益憔悴中瘦损芳姿呵，我纵然怜惜她的姿容和高洁，但不知此后它还能在人间留下多少时候。唉！只要这白菊还风姿犹存，又何须再去追忆那泽畔行吟的高风和东篱菊花的情怀呢？她是屈子所餐、陶潜所采：屈原《离骚》有"朝饮木兰之坠露兮，夕餐秋菊之落英"，陶渊明《饮酒（其五）》有"采菊东篱下，悠然见南山"。细赏此花，如对隐逸高士，香淡风微，清芬酝藉，不减于酴醾。

故居在垂杨深处

　　李清照于宋神宗元丰七年（1084）出身于一个官宦人家。这是一个爱好文学艺术的士大夫家庭。父亲李格非是济南历下人，进士出身，是苏轼的学生，官至提点刑狱、礼部员外郎。

　　李格非是学者兼文学家，又是苏东坡的学生，藏书甚富，善属文，工于词章。现存于曲阜孔林思堂之东斋的北墙南起第一方石碣刻，上面写有："提点刑狱、历下李格非，崇宁元年（1102）正月二十八日率褐、过、迥、逅、远、迈，恭拜林冢下。"李清照在《上枢密韩公诗二首》诗序中称"父祖皆出韩公门下"。韩公，即韩琦，在当时名重一时，与范仲淹同是以文臣身份领兵的朝廷重臣，并称"韩范"。当时，能出身韩琦门下是一件很了不起的事情。李清照的母亲王氏也是名门之后，其祖父是汉国公王准，曾中状元，很有文学修养。父亲是岐国公王珪，曾任宰相。

　　这样的出身让李清照从小就在官宦门第及政治活动的濡染中

变得眼界开阔，气质高贵。文学艺术的熏陶又让她能深切而细微地感知生活，体验美感。

少年时李清照就存有诗名。她早期的老师是大名鼎鼎的晁补之，与秦观、黄庭坚、张耒合称"苏门四学士"。十六七岁的时候，李清照作了《浯溪中兴颂诗和张文潜》（二首），受到当时一众名士的叹赏。

北宋时候的女子教育并不开通，男权社会期许女子终日针黹女红，女子学习古代的《内则》《曲礼》等即可，读史书乃至诗文杂说等迁移性情之作通常不被允许。

李格非作为"苏门后四学士"之一，学术思想、人生态度以及家教思想无不深受苏轼影响。苏轼崇尚自然，提倡个性，鄙视扼杀人性，对宋朝理学家们那套"灭私欲则天理明"的伦理规范十分不齿。苏门才俊的文学创作也多是出于真性灵，超脱世俗，如苏轼《文说》中的自述那般："吾文如万斛泉源，不择地而出。"故而，李格非给李清照提供的是一个宽松的家庭环境，不束缚言行，不限制读书，任其身心自由发展，使李清照的人格及创作都能得到健全的发展。李清照幼年接受了良好的早期教育，书法、绘画、琴艺全都不在话下，而据她后来在诗文中引用典籍的情况来看，她读书涉猎极广，从"四书五经"等儒家经典，到《左传》《史记》《汉书》等历史典籍，再到《楚辞》《文选》、建安七子诗文、唐人散文及诗等历代文学，还有《淮南子》《吕氏春秋》《世说新语》等诸多杂书，建构起来的是一个完整的知识体系。正如学者邓红梅所著的《女性词史》所云：李清照所受的教育，是一种全面的"人"的教育，而不是狭隘的"女人"的教育。

所以，聪慧颖悟、才华过人的李清照被评价为"自少年便有诗名，才力华赡，逼近前辈"（宋代王灼《碧鸡漫志》）。南宋朱弁《风月堂诗话》卷上说，李清照"善属文，于诗尤工，晁无咎多对士大夫称之"。《说郛》第四十六卷引《瑞桂堂暇录》称她"才高学博，近代鲜伦"。朱彧《萍洲可谈》别本卷中称赞她"诗文典赡，无愧于古之作者"。

关于李清照的出生地一直有个误解。"四面荷花三面柳，一城山色半城湖"说的是济南，"一斛清泉柳絮飏，萧萧故宅但斜阳"说的是柳絮泉。在很长一段时间里，人们以为济南大明湖畔柳絮泉边就是李清照故居所在地。清人有《柳絮泉访李易安故宅》的诗，郭沫若也曾为此处的李清照纪念堂题词："大明湖畔，趵突泉边，故居在垂杨深处；漱玉集中，金石录里，文采有后主遗风。"直到二十世纪八十年代初，考古研究才纠正了这一谬误。

在李清照出生后第二年，她的父亲李格非为当时生活在章丘的知名隐士、其忘年之交廉复先生撰写的《廉先生序》中言道："吾为同里人"，序文末署名"绣江李格非文叔序"。

宋宣和五年（1123），廉复的孙子廉宗师、曾孙子廉理和廉桂，将李格非的序文刻石立碑祭祖，又请李格非的侄儿李迥题《碑阴记》："迥忆昔童时，从先父、先考、先叔（指李格非），西郊纵步三里，抵茂林修竹，溪深水静，得先生之居"。

绣江是章丘明水的别称，它源于与济南趵突泉齐名并列的百脉泉群，因芹藻浮动、水纹若绣而得名。这里山明水秀，泉源漆洄，百脉泉、绣水泉、明水泉汩汩不息，茂林修竹，回塘掩映，这才是一代词宗的诞生地。这里有一棵很老的树，名曰西府海棠。它根植于静谧的小院之间，繁华在无声的长廊一侧。墨瓦红墙、繁花老树勾勒出点点蓝天，碧水清泉、老宅小院敲奏出一脉风情。它枝丫遒结，树瘤丛生。树干上密布罗列的树疤，堆叠成沉重而深刻的记忆，在每一个风雨起兮的日子，慢慢叩动人的心扉。宋人对海棠特别是西府海棠的喜爱是具有广泛性的。海棠花开似锦，潇洒妩媚，素有"花中神仙""花贵妃""花尊贵"之称，引得无数文人墨客留下许多脍炙人口的佳辞妙句。

一进四月，童年的李清照就在等着西府海棠花开。那时的她，披衣趿履，推窗娇笑；那时的她，抬手轻抚这沧桑的老树，任雨后清润的阳光透过叶子，轻轻落在她脸上。

千年了，那一脉水源清澈潋滟，波光之下，凤尾草散漫飘摇。

千年之前的绣江风光我们已经无从考究，只能从金代诗人元好问来章丘游览绣江时的诗作中窥知一二："长白山前绣江水，展放荷花三十里。看山水底山更佳，一堆苍烟收不起。"

明末清初的《醒世姻缘传》中尽述章丘风光："四面山屏，烟雾里翠浓欲滴。时物换，景色相随，浅红深碧。涧水几条寒似玉，晶帘一片尘凡隔。古今来，总汇白云湖，流不息。屋鱼鳞，人蚁迹。事不烦，境常寂。遍桑麻禾黍，临渊鲤鲫。胥吏追呼门不扰，老翁华发无徭役。听松涛鸟语读书声，尽耕织。"

就是这样一方水土，有历史古迹，有名泉净水，有湖光山色，或自然烟云，或人文风物，无不滋养、纵容着这位热爱自然、热爱自由的少女。

如花岁月如梦令

/
/
/

常记溪亭日暮，沉醉不知归路。兴尽晚回舟，误入藕花深处。争渡，争渡，惊起一滩鸥鹭。

——李清照《如梦令》

一位少女划着轻舟，从重重叠叠的绿荷叶与红莲花间轻灵而来。少女开心的笑声在天空飘荡，西天斜阳将一抹胭脂红映在了那如花般的少女面颊上。

这简直就是一幅水墨画。

李清照的少女时光是一条欢悦的溪流，那时，她还住在山东章丘明水镇的老家，她的人生还只是一面尚未展开的旌帜。

这一首《如梦令》寥寥数语，随意而出，但字字清美，句句意深。少女在日光稀薄之时、意兴阑珊之际依然保持了最原始的天真。日后的她应常常会忆起少女时代的自己——在溪边的亭子里游玩直到太阳落山，游兴满足时已是天黑时分，划船回时，不知不觉就闯进了荷花荡里，惊起满滩的水鸟。那时候的她，心灵清澈通透，未经世事，一尘不染。

这样流淌着欢乐的文字，仿佛就是摇曳生姿的欢快舞蹈。据说少女李清照的这些闺中词流传出去后，轰动了整个京师。

李清照的《如梦令》不事雕琢，有一种自然之美，纯真且朴素，流畅又安静，婉丽清净中却自有一道无法言说的力量。如果说整部《漱玉词》映照了李清照的一生，那么这首《如梦令》正是这不凡一生的始端，纯美、清新、婉丽。

说不尽、无穷好

/
/

湖上风来波浩渺，秋已暮、红稀香少。水光山色与人亲，说不尽、无穷好。

莲子已成荷叶老，清露洗、苹花汀草。眠沙鸥鹭不回头，似也恨、人归早。

——李清照《怨王孙》

暮秋时节，天气转冷，此时的湖面水光潋滟，已不再如夏季那样骄阳似火，朵朵粉嫩的莲花妩媚大气，一时间感觉到自然的静谧与圣洁。秋风无情，很快就让荷花日渐枯老。"湖上风来波浩渺，秋已暮、红稀香少。"湖水浩渺无际，水上苹草花业已凋零。清风徐来，水波不兴。只见那浩渺涟漪层层漾开，仿佛要染湿了红稀香少的地方。她看在眼里，氤氲在心里。莲子已成，荷叶已老，但莲花还清香袅袅。那浸泽于清露的汀边花草也娇艳得惹人怜爱。

自古逢秋悲寂寥，但在她独自袅娜的十六年光阴里不曾出现过忧愁、哀痛，在少女李清照的眼里，"水光山色与人亲，说不尽、无穷好"，尽管秋暮红稀，但这湖光山色洋溢着说不完的亲切和美好。她不说自己面对湖光山色感到亲切，反说"水光山色"与人亲近，正如李白说："相看两不厌，只有敬亭山。"而最后一句颇有些天真奇趣："眠沙鸥鹭不回头，似应恨、人归早。"这些鸥鹭是少女的好朋友，因为她马上要回家了，就很生气，头也不回地飞开了。这种孩子般的稚气奇想让人忍俊不禁，百般怜爱。这首小词笔致清妍，宛如一幅湖上秋色图。这样的秋日景象是美好的。这样的秋天，是少女的秋天，是美丽人生的开始。

二八年华，才力华赡，却尚不知那"林花谢了春红，太匆匆"的销魂蚀骨之痛。此一刻，光阴对她并不薄。那个时候，她尚未遇见赵明诚，汴京的一切对她而言都是陌生的。这一首《怨王孙》大约是李清照初到汴京时所作，或者是在离开明水镇的水路上所作。我更愿意将它当作是李清照想念故里的一次超逸与洒脱，更愿意将它们当作是她离开明水镇的最后一瞥所刻进脑海里的画面。这一份欣悦更像是回忆里才有的，因为它一尘不染。

李格非在汴京置办的新家并不大，京城百物皆贵，更何况李格非是个两袖清风的官员。但庭院里窸窸窣窣的小竹林、清幽淡雅的书房给了李清照一个新的空间。父亲朋友众多，除去那些登门求教的士子、朝廷照面的同僚，还有风雨同舟的交心好友张耒（"苏门四学士"之一，字文潜）、晁补之。

一日，接连被贬的晁补之到李格非家中谈诗论道，偶然看到李清照写的诗文，甚为欢喜，在李格非的委托下，晁补之答应做李清照的老师，指导她读书写词。

晁补之出身于北宋名门，与李格非一样仰慕苏轼的才华与为人，是"苏门四学士"之一。二十七岁即高中，当时苏轼任翰林学士，于是晁补之、黄庭坚、苏轼三人在汴京互相酬唱交往，度过了人生中最为惬意的年华。

在晁补之的指导下，李清照的诗文进步很大。读诗一定是从《诗经》开始，那些葱茏美好的草木在李清照的思绪里疯狂生长，草木在朝阳下弥漫着青春的气息，成长的惆怅像潺潺流水。

数月来的读书让李清照的艺术触觉越发敏锐。春末夏初，雨水渐多，池塘游鱼，雨中白鹭，时光的每一处精雕细刻都逃不过她敏锐的感知。在这个雨水丰沛的季节，每一天早上醒来她都能清晰地感到时光流淌的安然。少女那些美好的寄托如同散落水中的花瓣，默然无语，随波而去。

黄昏疏雨湿秋千

淡荡春光寒食天，玉炉沉水袅残烟，梦回山枕隐花钿。

海燕未来人斗草，江梅已过柳生绵，黄昏疏雨湿秋千。

——李清照《浣溪沙》

那个在晨露中追逐蝴蝶的女子，她风姿绰约的身影消失在疏雨黄昏的秋千上。在很多年后，当繁华落尽，物是人非，她是否会对着散发着怀旧气息的秋千，想到曾经有过的那一段"黄昏疏雨湿秋千"的美好时光。

时至暮春。闺中风暖，陌上草熏。她着一身绿衣裳，脚踩一双青莲紫的软缎绣鞋，缀着淡雅的雏菊纹路和一圈玉如意的花钿，头枕玉臂欹枕凝神，沉寂于半梦半醒之间。此时闺房香炉的香料已经燃尽，唯剩轻烟袅袅而起。她恍然间如梦初醒，望向那窗外明雅倩丽的春光，自己却神散于那沉香、花钿、山枕之中。

但见屋外有女妇喧喧笑语，斗草乐活，而那海燕此时却是经春未归。她将窗外的一草一木，别人的一颦一笑记在心里，仿佛要将它们烙刻下来淡化自己的寂寞。少女虽然寂寞忧伤，却也有一种带着温暖的希望。纵使她仍旧带着小女孩的惊慌，纵使她的双足仍旧绊在往事的门槛里，但她那眺望的目光却早已探出了门。

夏商有鉴当深戒

李清照十七岁这年，她的父亲李格非升任礼部员外郎。此时的李清照在繁华的汴京已经住了十余个年头。李格非常与张耒、晁补之两位好友夜聚于"有竹堂"，秉烛夜谈，把酒言欢。不过此时，李格非的恩师苏轼已遭贬斥，住在岭南那片不毛之地，而黄庭坚、秦观也郁郁不得志。

有竹堂中，李格非将刚收到的老师苏轼的来信拿出来诵读。苏轼在这封信中写下了他的新作《惠州一绝》。念完这句"日啖荔枝三百颗，不辞长作岭南人"，三人豪爽地笑了。摇曳的烛光在墙上投出三人潇洒的身影。少倾，张耒若有所思地取出了秦少游不久前寄来的信，与好友共赏。一句"家乡在万里，妻子天一涯。孤魂不敢归，惴惴犹在兹"读罢，三人颇为感伤，默不作声，就连烛光都静默了。

夜已深，三位好友怀揣着各自的心事散去。堂外，竹林在清风中舞动，簌簌作响；天空中，月朗星稀；如水的月光照出了一地竹影斑驳，也衬得竹子越发挺拔而坚定。

　　在这样的书香门第中，在这样的文化氛围中，李清照岂能不才华昭世？

　　李清照之所以能够在中国文学史上大放异彩，不只在于她的八斗才情，还在于她并非只识莺燕娇软、风月温柔的深闺小女子，她那不让须眉的见识、见地亦是被载入史册的一笔浓墨重彩。

　　相传唐代肃宗时，安史之乱被平定之后，曾于浯溪（今湖南祁阳）结庐而居的诗人元结撰写《大唐中兴颂》碑文，并由大书法家颜真卿书写镌刻在浯溪石崖之上。

　　到了宋哲宗元符二三年间，张耒创作了《读中兴颂碑》一诗，以此来歌颂郭子仪平定安史之乱的丰功伟绩。这首《读中兴颂碑》在当时颇有影响，受到人们的好评且广为传颂。但是，年仅十六七岁的李清照对此诗背后的历史真相却另有感悟。

　　李格非把张耒《读中兴颂碑》这首诗带回来，李清照看后，便作了两首诗和之。

　　这两首令人拍案叫绝的和诗《浯溪中兴颂诗和张文潜》（二首），笔势纵横地评议兴废，不但深层剖析了安史之乱爆发的原因，还指出中兴之后内里潜伏的危机，并揭露帝王"孝德"假面下的真相，批评文人歌功颂德的阿谀之风。更难得的是借古讽今，安史之乱前的政治弊端，上层腐败、权臣倾轧、武备不修等，当朝如何没有？"夏商有鉴当深戒，简策汗青今具在。"其视野之开阔，笔锋之犀利，意气之健举，眼光之独到，不啻在文坛投下一颗原子弹，令须眉，包括她那些久负盛名的父辈文豪们，受到了一股强大的冲击力。一个初涉世事的少女，对国家社稷能表达出如此深刻的关注和忧虑，不能不令人刮目。因此，宋代周辉的《清波杂志》中认为，这两首和诗"以妇人而厕众作，非深有思致者能之乎？"明代陈弘绪的《寒夜录》中评此二诗："奇气横溢，尝鼎一脔，已知为驼峰、麟脯矣。"

张耒原诗就是为郭子仪平叛大唱赞歌，太官方了。而李清照的体悟从历史的细微之处着手，见皮见肉、见血见骨。李清照此刻如同一名铿锵少年郎，铮然凛冽。她咏史言志，平心静气地将真相从历史里拖拽出来，置于世人面前。一点一点分析安史之乱的历史原因，亦毫不避讳地指责平定安史之乱后唐玄宗与唐肃宗父子的内讧。她知道，盲目的歌功颂德不过是流连于须弥之间的虚妄，而历史的意义应当在给予后世经验、给予后人智慧。功德自在人心，自在这广阔天地之间，无须标榜，因为时间记得。

李清照确如《碧鸡漫志》中所言，"自少年便有诗名，才力华赡，逼近前辈"。清人陈景云说："其文淋漓曲折，笔墨不减乃翁。'中郎有女堪传业'，文叔之谓耶？"他化用韩愈诗句，以东汉蔡邕及其女儿蔡琰比李格非与李清照父女。此非虚誉。李清照果然不负所望，终将自己铭刻进那一山一水、一纸一墨里，将光阴征服。

　　在李清照幼年时，上百首古诗就已能朗朗上口，到了少女时期，执笔属文，展卷吟诗，更是锦心绣口，吐属风流。长大后，亭亭玉立，风姿绰约，还有一身书卷气。她以王献之的字帖学书，写得一手秀丽的小楷，铁画银钩；她对前朝李思训、王维的金碧、水墨两大画派都十分酷爱，也常常研朱挥毫，作几幅翎毛花卉。她通音律，早在儿时就已学会抚琴。李格非经常自豪地对妻子感叹说："我的清儿若是个须眉男子，采芹入泮，怕不像探囊取物一般容易！"

绿肥红瘦女儿棠

李清照少年时代随父亲生活于京城汴京，那时的京城极其繁华。春天，整个京城被盛开的艳丽花朵装点着，街巷、庭院的楼台、沿街的窗扉皆被鲜花环绕。年少的李清照就生活在这样一个如花的城市里。优雅的生活环境和繁华景象，激发了李清照的创作热情，作诗与作词都崭露头角，写出了被后世广为传诵的著名词章《如梦令》（昨夜雨疏风骤）。此词一问世，便轰动了整个京师，"当时文士莫不击节称赏，未有能道之者"（《尧山堂外纪》卷五十四）。

昨夜雨疏风骤，浓睡不消残酒。试问卷帘人，却道海棠依旧。知否？知否？应是绿肥红瘦。

——李清照《如梦令》

《蓼园词选》说此词："短幅中藏无数曲折，自是圣于词者。"这首小令写得曲回委婉，层层转折，步步深入，惜花之情表现得丰盈婉转。此时的李清照才华横溢，满腹豪情，情思细腻，词风婉约，让世人为之倾心、赞叹。

一首小令，短短六句，如何曲折？且看起拍，一疏狂，一急骤，可知昨宵之恶。

海棠花有"女儿棠"的美称，像极了娇慵、美艳的少女。浓睡之后，酒意未消，心中却仍然牵挂，醒来便急忙询问。借侍女的答话透露"海棠依旧"。问得急切，答得淡然，两相对照里对花的感情深浅立见。黄昏的汴京如同一首抒情诗，这时的李清照似乎正处于骚动不安的年龄，正陷入一种说不清、道不明的迷茫和怅惘之中。她会忽而欢笑，忽而忧伤，忽而莫名地叹息，忽而叽叽喳喳说个不停，忽而又沉默不语。这样一个活得率性、元气饱满的生命，那些时光流转的细枝末节，那些人们时常忽略的地方，总能牵惹出少女内心的潮起潮落。就像后花园里的雨疏风骤，海棠花的绿肥红瘦，总让一位纤弱清瘦的少女心思婉转，多情牵挂。

有学者认为李清照的这首《如梦令》创作源自唐代诗人韩偓的这一首《懒起》：

百舌唤朝眠，春心动几般。枕痕霞黯澹，泪粉玉阑珊。

笼绣香烟歇，屏山烛焰残。暖嫌罗袜窄，瘦觉锦衣宽。

昨夜三更雨，今朝一阵寒。海棠花在否，侧卧卷帘看。

但韩偓对落花的关切正如题所言，他是懒懒地、舒适地侧卧在床上，只是卷帘一望，仪态慵闲从容。李清照较之前人的词作，出众之处在于她的词有问有答，主情致，多故实，音律协和、趣致高雅、意境浑成、妍丽丰美。而此时的李清照不过十六七岁，正所谓"青出于蓝而胜于蓝"。从她的词里可以见出紫气红尘、春光明媚，带着旧年香，盈在红袖里。

"知否？知否？应是绿肥红瘦。"寥寥数字，将风雨之虐、心中之忧、他人之淡漠、自心之深爱悉数道来，一字不多，一字不少，刚刚好。最妙的是"绿肥红瘦"造语之新，直如横空一笔，但见奇绝，精工，待要探幽却又不知其所往，所谓神来之笔也。俞平伯另从着色上讲："全篇淡描，结句着色，更觉浓艳醒豁。"解得也妙。

由济南到汴京不久，李清照的才名便迅速传开，"绿肥红瘦"《如梦令》深得时人赞誉。

宋人胡仔在《苕溪渔隐丛话》里说："近时妇人，能文词如李易安，颇多佳句。小词云：'绿肥红瘦'，此语甚新。"宋代词评家陈郁也在《藏一话腴》里说："李易安工造语，《如梦令》'绿肥红瘦'之句，天下称之。"是的，李清照笔下的随意一抹，嫣红可人的海棠花从此便有了个雅称——绿肥红瘦。

眼波才动被人猜

在春季一个清丽的早晨，李清照从睡梦中醒来，慵懒地睁开眼，掀开春被，迎接美好的春光。如平日一样，府中的丫鬟们已经忙碌碌起来，手中端着盛满清水的陶盆，迈着轻捷的脚步在院落间的回廊中穿梭。她们手中陶盆里的水有节奏地晃动着，那轻微的水声就如鸟儿报时的鸣叫。

闺房中是淡淡的女儿香，香炉里还有一小截未燃尽的沉香，应是昨晚被风吹灭了。心中洋溢着喜悦、充满期许的少女，轻轻推开精致的雕有花纹的窗子，看向无限美好的春色。小院很是清静，窗外的那棵树上有一枝青梅格外娇俏，此刻，只有它能够一窥窗边那个清纯动人的少女。

若说李清照的故乡是一个水泽丰润、自然安适的福地，那么汴京则是文化与名流交相辉映的宝地。在明水过得闲适安逸，在汴京过得精彩多趣，每天都有意想不到的惊喜，也不知道是因为惊喜突然降临而欣喜，还是为了期待那份惊喜而欣喜。不管怎么说，在汴京的日子里，李清照感觉每天都是新的，每一天都喜滋滋的。玩花斗草，邀姐妹上街逛逛，京城里无人不晓这个李府的千金。

绣面芙蓉一笑开，斜飞宝鸭衬香腮。眼波才动被人猜。

一面风情深有韵，半笺娇恨寄幽怀。月移花影约重来。

——李清照《浣溪沙》

那是她含羞的笑，"犹抱琵琶半遮面"的笑，却笑得心里某一处柔软慢慢绽开。这样一个内心充满春光的少女，面色如同出水芙蓉，清柔明丽。飞鸭玉钗斜插鬓边的髻子上。沉静的光衬着她的腮，营造出一种惊艳，让她看上去倨傲冷清却又风情万种。冷傲是留给别人的，而内心的温热只有她自己知道。美目流盼中，那一点羞涩的情怀不紧不慢、小心翼翼地淌了出来。她在房里铺开半张素笺，舞起一支彤管，一点点将内心的嫣红写下来寄予他。若是君有意，相见月移花影时。这大约是她此时内心的冀望。

这是她青涩的初恋，心头藏着那份暗暗的甜美与羞涩，那种心如鹿撞的慌乱，那种秋水般闪动的眼波，那份幽幽在怀的牵挂与眷恋。

　　这首《浣溪沙》透露了李清照在那最美好的年华里最隐秘的心事。"眼波才动被人猜"真是神来之笔。"巧笑倩兮，美目盼兮"，美目流盼间，宛如一湾明澈的秋水，闪动着少女内心的秘密，怕人猜，却又藏不住内心的喜悦，就这样春情无限，就这样爱意缱绻。

梨花欲谢恐难禁

小院闲窗春已深，重帘未卷影沉沉，倚楼无语理瑶琴。

远岫出云催薄暮，细风吹雨弄轻阴，梨花欲谢恐难禁。

——李清照《浣溪沙·春景》

春色已深，少女懒懒地朝窗外望过去，光线透过半垂的帘落进来。这世间一切的红花绿草仿佛都与她失去了关联。她心底按捺着的那一点春意也在这清风摇曳的日间被风一并吹散了去。独自凭栏无语，只见她幽幽转过身抚弄起瑶琴。

读到"小院闲窗"，不知你的脑海中会不会出现这样一幅画面：院子不大，很是清幽，阳光正好，绿草葱葱，花朵娇艳欲滴，繁茂的树上有小鸟在鸣唱；一个花季少女慵懒地趴在窗口看着窗外的景致，心中有些许惆怅；温暖的阳光给她的轮廓镀了一层金。

随着夜幕的降临，天空飘起了细雨，斜风细雨中的小院显得有些冷清、阴郁。李清照看着窗外原本娇美绽放的梨花在风雨中飘摇零落，心中平添了几分忧伤。

她的忧伤在十六七岁的年纪里是天经地义的事情。李清照看到了自己内里的软弱。白衣飘飘的少男少女牵着彼此温暖的手说着温情脉脉的话。那里有愿望，有多年之后也兑现不了的温暖和诺言。但那是一幅画，是一幅暖生之绘。你甘愿赴汤蹈火，竭尽所能去操持这一场至纯至美的仪式，即便它的背后隐藏着一场忧伤的告别式。

这时候，李清照早已离开明水镇，居住于汴京城。父亲李格非此时在朝廷担任礼部员外郎，提点京东路刑狱，从六品官。虽然官位并不煊赫，但也足以为李清照提供一个相对优裕的家境，过上较为富足的生活。于是，她在闲暇时间可以思量的事情轻易便落到诗书上，落到女儿心、女儿情里。

这首《浣溪沙》虽然意境并不宽阔，但仍旧十分娴雅。如同来时云、去时雨，轻慢转身的刹那，那份婉转的心思便已跃然纸上。侯孝琼教授曾评说这首词："写闺中春怨，以不语语之，又借无心之云，细风、疏雨、微阴淡化，雅化，微微逗露。这种婉曲、蕴藉的传情方式，是符合传统诗歌的审美情趣的。"沈际飞本《草堂诗余》说到这首词时用的那一句"淡语中致语"真是精准妥帖。

一瞥惊鸿：却把青梅嗅

李清照年纪不大，但文学造诣颇深，其才华得到了当时很多名士的认可和赞赏。有才华与美貌傍身，又有父亲的地位加持，可想而知，李格非的这个待字闺中的女儿必然令很多文人才子心动不已。而贵为高官子弟的赵明诚自然早就对李清照有所耳闻，在拜读了她那些广为流传的佳作后，除了欣赏、钦佩外，赵明诚的心中油然生起挥之不去的爱慕之情。

李、赵两家又是山东同乡，平素自然有所交往。据说赵明诚与李清照的堂兄熟识。一次元宵节，两人相约赏花灯，可巧在相国寺邂逅了李清照，一场旷世姻缘就此拉开帷幕。遥想赵明诚与李清照那种相遇该有多么美好：这边是青年俊彦，那边是才貌双全；这边仰慕已久，那边早闻大名，一个是吏部侍郎之子，一个是礼部员外郎之女；一个爱好金石、书法，一个擅作诗词、文章，可不就是张爱玲《爱》里的情景吗："于千万人之中遇见你所遇见的人，于千万年之中，时间的无涯的荒野里，没有早一步，也没有晚一步，刚巧赶上了，那也没有别的话可说，唯有轻轻地问一声：'噢，你也在这里吗？'"

　　蹴罢秋千，起来慵整纤纤手。
　　露浓花瘦，薄汗轻衣透。

　　见客入来，袜刬金钗溜。
　　和羞走，倚门回首，却把青梅嗅。

　　　　　　　　　　　　——李清照《点绛唇》

　　这一日，日光丰盛。天真烂漫的少女离开秋千架，汗水让她薄衣微透，她揉了揉有些酸痛的小手。身外是露浓花瘦，心里是脉脉温情。岂料这时有客人进来，她于匆忙躲避之中，连鞋子都来不及穿，只穿着袜子走开了。她头上的金钗也失落了，头发微乱，露出了怯怯的姿态。可是快要出门的那一刻，她忍不住回过头瞧瞧来人是谁，于是攀过青梅，装作是在嗅闻，以掩饰尴尬。那回眸一望，如一朵水莲，无限娇羞可人。

　　天真任性的李清照怎会如此紧张、害羞和失态？可见这位客人不是寻常人，否则她也不会专门写下这首词。这位客人就是那位儒冠青衫、浑身弥漫着书卷气息，眉清目秀、养尊处优的公子赵明诚。

　　缘分是冥冥之中注定的，他于她，不一定是最早出现的那一人，但一定是恰好出现的那一人。

　　赵明诚出身于官宦富贵之家，也是书香门第。父亲是北宋朝廷著名的新党中坚人物、时任吏部侍郎的赵挺之，后来曾官至宰相。因丰厚的家学渊源，赵明诚从小就饱读诗书，喜欢舞文弄墨，还在父亲收藏金石文物的熏陶下，尤其喜欢收藏古代的金石刻录文字，甚至到了痴迷的程度。他在《金石录序》中自述："余自少小喜从当世学士大夫访问前代金石刻词，以广异闻。"金，指古代金属器皿，主要是青铜器钟鼎等，器上往往有铭文；石，古代石刻碑铭之类。由于这一爱好，他也交游甚广。据说他九岁随父亲到徐州任上，即在当地收集一些古代刻录，到十六七岁时，已经在这个领域小有名气。有两件事可为证明。他的姨夫是陈师道，是当时文坛有名的人物。陈师道在徐州任职时，特意写信给赵明诚，说得到了柳公权所书刘君碑。那时赵明诚之父已回京担任要职，然而陈师道并不与之交好，只愿跟赵明诚这个后生小辈书信往来，可想而知其对赵明诚赏识有加。另一件事发生在赵明诚十八岁时，有传国玉玺在咸阳（今陕西咸阳）出土，送到京师后，当时朝中的将作监李诫亲手拓印了两本，其中一本就送给了赵明诚。可见他在收藏界也是小有名气，甚至可以说他那时已为金石学大家。

　　"低首弄青梅"，她带着娇羞的笑靥，等待那个命定的如意郎君走来，偕她走过这一场人世。和她共结连理的那个男子，门当户对，才华横溢，温善敦厚。李清照的爱情是水到渠成，是诸般因缘的殊胜圆满。那一刻，她遇到了她生命中的神祇。

一枕芝芙梦，鸳衾词女共

赵明诚的父亲赵挺之虽与李清照之父李格非同朝为臣，但两人却分别属于两个水火不容的政治派别——李格非乃苏门学子，自然被列为旧党，而赵挺之是新党的核心人物。从政治背景来看，赵明诚与李清照在当时有可能成为中国版的"罗密欧与朱丽叶"。

然而这一对璧人却佳偶天成，谱写了一篇爱情佳话。有很多富有传奇色彩的故事便是围绕他们的爱情展开的。元代伊世珍的《琅嬛记》中记录了这样一个传说：赵明诚幼时，其父将为择妇。明诚昼寝，梦诵一书，觉来唯忆三句，云："言与司合，安上已脱，芝芙草拔。"以告其父，其父为解曰："汝待得能文词妇也，言与司合是词字，安上已脱是女字，芝芙草拔是之夫二字。非谓汝为词女之夫乎。"后来李府果然出了一位词女，赵挺之为了儿子的终身大事，便差人去李家提亲。

不过这只是一则民间传说，其中"词女之夫"的字谜也比较牵强，早有李清照研究者力证其伪。王仲闻在《李清照集校注》里说："《琅嬛记》乃伪书，不足据。"无论传说是否属实，赵挺之对自己儿子的疼爱不假，百姓对这种才子佳人的浪漫爱情故事的赞美与羡慕也是真的。

其实婚姻对李清照、赵明诚两人来说是倾慕对方、爱情使然的结果，但对双方家庭来说，却还有对政治、家世、地位等方面的考量。

北宋末年，政坛动荡，新旧两党纷争频仍。早在神宗即位后，任用王安石实行变法，朝廷旧臣极力反对，其中不乏司马光、欧阳修、苏轼等有影响力的人物。王安石为了推行新政，有意通过科举考试拔擢人才为羽翼，故有不少人着意以策论迎合新政而中举，并得到重用。这些新进者，多投机取巧逢迎之徒，私德甚不可取，其中就有《水浒传》中提到的大奸臣蔡京。当时党争只是政见不合，尚不挟私人恩怨，比如王安石与司马光之间，襟怀坦荡，彼此敬重。及至神宗去世，哲宗以幼龄登基，太皇太后高氏垂帘听政，致力于恢复祖宗旧制，起用守旧派，贬谪新党，罢黜新法，史称元祐更化，旧党之人后来也被称为元祐党人。元祐末年，高太后去世，哲宗得以亲政，挟多年身为傀儡的怨气，大肆提拔新党，打击旧党中人，苏轼、秦观、黄庭坚、张耒等纷纷被贬窜。朝廷还专门成立了一个收集元祐党人黑材料的机构，任命旧党中比较外围的李格非为此机构的检讨官，此举遭耿直的李格非拒绝，李格非也因此被贬官外放。

就在《如梦令》写出的这一年，哲宗去世，他的弟弟，历史上有名的画家皇帝宋徽宗赵佶登基。这让李格非喜出望外，因为恩师苏轼总算从岭南这个不毛之地获得赦免，筹备着北返之行。

这一年，朝廷的另外一个大臣赵挺之为维护自己的利益，把目光投到了自己的政敌李格非身上。

原来，徽宗继位之初，欲调和新旧两党，用人方面有意摒除党派界限，再度起用李格非等人。李格非回京历任校书郎、礼部员外郎、提点京东路刑狱等职，仕途几乎达到顶点。历史表明，这其实是大乱前的平静期。

赵明诚之父赵挺之由王安石提拔上来，基本属于新党。他精明干练，颇有几分吏才，然而八面玲珑，阿谀逢迎，缺乏个人操守，政治立场也不很坚定。元祐初年，朝廷召试赵挺之时，苏轼曾表示过反对意见："挺之聚敛小人，学行无取，岂堪此选？"赵挺之因此记恨苏轼，在后来的党争中挟私报复。赵明诚喜爱苏轼、黄庭坚的诗，收藏成癖，即使残章断句也必录藏，曾因此不得其父欢心。但赵挺之长袖善舞，只要是情势所需，照样能与旧党交好，在旧党中游刃有余。赵挺之答应赵明诚的请求，请媒人到李格非府上提亲，便是出于这种需要。当时政坛形势不明，徽宗在哲宗之后以皇弟身份仓促继位，对朝中各政治派别心有忌惮，时任皇太后的向氏对旧党又有倾向，故而徽宗赦免旧党并重新起用。赵挺之权衡利弊，自然乐得与旧党中人结亲。况且两家门当户对，又是山东老乡，同在京城为官，李清照的外祖家还是京城名门，赵挺之怎会拒绝这种关系网？

醒时空对烛花红

/

/

莫许杯深琥珀浓，未成沉醉意先融。疏钟已应晚来风。

瑞脑香消魂梦断，辟寒金小髻鬟松。醒时空对烛花红。

——李清照《浣溪沙》

时光如酒似琥珀，十七岁的她在这样一个夜里独自斟饮。深闺寂寂，欲借酒浇愁。而杯深酒腻，未醉即先已意蚀魂消。听得远处钟鼓声声，她的心事散落在晚来风中。该来的必是会到来，她知道自己仍需要耐心地等待。瑞脑香消，辟寒金小。她梦断于晨光乍泄之时，钗小鬟松，在日单夜薄的时间里空对荧荧烛花。炉寒香尽，枕冷衾寒，情何以堪！这些物已不是物，仿佛带着一些宿命的意味，与她的生活一一有了映照。

这首《浣溪沙》从始句到终句不着一字情语，却是字字都泄露出李清照心里那涓涓细流般的缠绵缱绻。那一物又一物裹挟着一缕又一缕的情意将这首词串联成她的心谣，情景相契相生。王国维在《人间词话》中说"一切景语皆情语"，便是这个道理。

此时，李清照端坐于闺房中，等待着再次与如意郎君相见。在她清秀平静的外表下，是一颗热烈、纯真而坦诚的少女心。她一定不会想到，自己二十余年后便会与赵明诚阴阳两隔，无所依靠，孤独彷徨——但那时的李清照一定会记得当初那个憧憬爱情、憧憬未来的自己。才女的一生在这样对照下尤显哀婉凄凉。

素约小腰身，不奈伤春。疏梅影下晚妆新。袅袅婷婷何样似，一缕轻云。

歌巧动朱唇，字字娇嗔。桃花深径一通津。怅望瑶台清夜月，还送归轮。

——李清照《浪淘沙》

宛若一幅自画像，她端然看出了自己的美。那腰身纤细柔软，肤色蕴白，宛如素洁绢丝。她大约是经不住这春情伤意的消损，墙角疏梅落下影来，折到她的妆台下，她于浅淡暮色梅影里淡淡上妆，于是她美起来，艳光四溢。她甘愿此时做一个弱不禁风的小女子，待他来爱。这光景，当是她生命里最温暖入心的。袅袅婷婷的身姿散发出来的是优柔娇媚，仿佛她天生就是用来被爱的。她是这样的优雅和美丽，诗词曲赋，才貌双绝。启朱唇，吟小曲，字字娇嗔，如黄莺啼鸣，万种风情让人为之倾倒。

她自闺中缓步出行，看那桃花夹道延展，幽深的曲径通往水边渡口，那里有更广阔的天地。仿佛他正从那一处下了船，疾步前来探她。这样想时，她不自觉地要发出嘤嘤笑声。她对这两情相悦的约会有太多的憧憬，只是夜来登高，怅然怀想仙人居所。那瑶台里的清风明月，若是还有作为，就只是"还送归轮"，如此而已。

这时的李清照是春光熠熠的，年轻，纯真，清新而娇艳，一切尚未开始，一切尚在憧憬，一切都有盼头。那是在汴京城里举目四顾等爱的年华，着一身粉衫，倚着楼上的阑干，微微掀起珠帘，向那人山人海的街市里望，几多妖娆，几多绮丽。难怪赵明诚如此痴迷这个女子。他这一生，若是没有李清照，怕是也不能成为那个赵明诚。

第二章

此情无计可消除

风情万种的今夜纱厨枕簟凉

李清照在爱情中享受过一场华美的盛宴，即便后来历尽悲欢离合，至少她热烈地拥有过。十八岁的她能嫁给深爱的有情郎，那是人生一段晴暖的记忆。凝眸深处，罗裳与兰舟伴着楼台箫声带来的慰藉，安抚了岁月，更惊艳了时光。

在李格非的府上，媒人为赵明诚求得了李清照的生辰八字，再经过"草帖""送帖"等礼仪后，与李清照"八字相合"的赵明诚携着酒礼来到李清照家，当着赵、李两家父母的面，将一支金钗插在了李清照的头上，以示订聘之礼。

大宋徽宗建中靖国元年（1101），李清照十八岁，与时年二十一岁的太学生赵明诚在汴京成婚。据李清照在《〈金石录〉后序》中云："余建中辛巳，始归赵氏。"

又是一个欣欣向荣的春天，才华横溢的李府千金走出了闺房，走出了小院，款款而行，纤纤腰肢如杨柳般摇曳，明眸善睐，顾盼生辉。她拜别父母，坐上一顶花轿，来到了赵府，投入了赵府三公子的怀抱。自此以后，她便不再是那个深闺中渴望爱情的少女了，而是眼前这位翩翩公子的结发之妻。她翻开了人生新篇章，走进了一片新天地。而赵明诚也终于在二十一岁这一年圆了少时的"词女之夫"的梦。

赵、李两家地位显赫，这场婚礼自是热闹非凡。成亲的前三日，赵家便送来了催妆的冠帔花粉。婚礼的前日，由李清照母亲派出的亲信仆妇、陪嫁的婢女等带着华丽的绣枕、锦被等在他们的新房内挂帐"铺房"。婚礼当天，通身红装的李清照携着丰厚的嫁妆，坐着喜轿、伴着乐队的欢庆吹奏从李家被抬出，绕过长长的惠民河堤，到达赵家的大门。一路上，鼓乐四起，讨要喜钱的孩童、"拦门"的青年，还有撒谷豆的妇人络绎不绝。

拜过天地，喝过交杯酒，她和新郎入了洞房。

晚来一阵风兼雨，洗尽炎光。理罢笙簧，却对菱花淡淡妆。

绛绡缕薄冰肌莹，雪腻酥香。笑语檀郎，今夜纱厨枕簟凉。

——李清照《丑奴儿》

这首词据说是李清照新婚后不久所作。《漱玉词》可以说是李清照的私人日记，字里行间都是她的心理感受和情感体验的释放。

　　盛夏的夜晚，雨水洗尽了暑热。一位丽人刚刚弹过瑶琴，又对着镜子上了一层薄薄的晚妆，淡妆素抹格外清丽动人。"绛绡缕薄冰肌莹，雪腻酥香"，写出了一位新婚少妇的妩媚与性感，尤其令人销魂的是最后一句："笑语檀郎，今夜纱厨枕簟凉。"佳人一声轻笑，轻启朱唇：郎君，今天晚上的竹席可真凉啊。这样的暗示充满了诱惑。清风细雨之夜，男欢女爱，柔声细语，情醉神迷的恩爱跃然倾出。

　　古代女子的婚姻生活并非只是温柔贤良，低眉顺眼。李清照这样有激情、有胆量，把二人世界以本真之笔写得摇曳多姿，风情万种，真让道学家大跌眼镜。在理学逐渐兴起的宋朝，礼教森严，对女子有着诸多约束，实行女德教育。而李清照自然不甘于做个平凡女子，她的才华与禀赋、爽直与奔放使她格外出挑，让她获得了名声与赞誉，但也给她带来了一些非议。在其他女性都羞于启齿的夫妻生活上，李清照也是率性而为，敢于向夫君主动进行爱的诱惑和暗示。更令人称奇的是，李清照还敢把这些场景和感受形诸笔墨，写得活色生香。

　　很多词评家对她颇有微词。与她同时代的王灼就说："易安居士，京东路提刑李格非文叔之女，建康守赵明诚德甫之妻。自少年便有诗名，才力华赡，逼近前辈。在士大夫中已不多得。若本朝妇人，当推文采第一……作长短句，能曲折尽人意，轻巧尖新，姿态百出。闾巷荒淫之语，肆意落笔。自古缙绅之家能文妇女，未见如此无顾忌也。"

清人陈景云曾将李格非、李清照父女比做蔡邕、蔡文姬父女二人。他说："其文淋漓曲折，笔墨不减乃翁。'中郎有女堪传业'，文叔之谓也。"缪钺先生也称赞："易安承父母两系之遗传，灵襟秀气，超越恒流。"书香门第出来的大家闺秀李清照学识才华自不必说，更重要的是她有着不同凡俗的个性，这与她自幼在宽容、自由的家庭环境中长大有关。

李清照身为女性，却对传统政教纲常比较疏远，良好的家庭文化教养使她明确了人生的意义和生命的价值，这从她的咏物词中对真善美的赞赏，对自然生命的歌颂和热爱都可以了解到，所以她很容易在民间生活中发现生活的乐趣并将其真率地表达出来。她将自己对丈夫的真情、深爱写进词里，不仅是想得到丈夫的理解，更重要的是一种自我心灵世界的展示，是主体意识激情性的外化。她在这种激情的生活体验中升华了自己对丈夫的爱，也升华了内心世界的审美。她词中大胆表现的"闺房妇女"不知"羞畏"的生活，就是这种意识的体现。所以宋代朱彧也说："本朝女妇之有文者，李易安为首称……诗之典赡，无愧于古之作者；词尤婉丽，往往出人意表，近未见其比。"所谓"出人意表"，就是李清照的词写出了女性直觉所发现的情感体验与审美情趣。

佳人才子，可羡煞鸳鸯

新婚少妇李清照是幸福的，也是幸运的。花儿在该开的时候开放了，爱情在该来的时候来了。正如梁衡先生在《乱世的美神》中所说，李清照的爱情不像罗密欧与朱丽叶，也不像梁山伯与祝英台，没有那么多惊险跌宕的悲欢离合、生死攸关。命运只是让幸福在该来的时候都来了，让这个宋朝女子在青春年华里尽情享受着激情与快乐。

在李清照与赵明诚的情感生活中，除了夫妻间朝夕相处、耳鬓厮磨的恩爱与缠绵，还有一层当时平常人家的夫妻未必具备的情感基础：共同的情趣爱好。无论是读书论文，还是作诗填词；无论是金石刻录，还是鉴赏品味文物字画，两人都同样的如痴如醉。人生得一知己足矣，夫复何求？他们以平等的关系读书笑玩，追求一种和谐、融洽的快乐。夫妻之间不存在丝毫的男尊女卑，意识的平等、亲密建立在"处忧患困穷而志不屈"的价值观念上，已显示出近代社会新型夫妻关系的文化特征，这正是李清照文化观念的开放和其独立人格及女性意识觉醒的结果。她也是中国文化史上第一位自主找到女性文化地位的词人。

《古今女史》云："自古夫妇擅朋友之胜，从来未有如李易安与赵德甫者，佳人才子，千古绝唱。"李清照和赵明诚也真是如朋友一般，夫妇调和，互敬互爱。她爱写诗填词，他就做她的第一读者；他爱金石，她就陪他逛相国寺集市，选购金石碑文。

李清照与赵明诚既是恩爱夫妻，也是心意相通的知己，还是志趣相投的亲密朋友。哪怕在生活比较拮据的那些日子，他们两人以诗佐酒、把玩金石，"夫妇擅朋友之胜"，生活得好似"葛天氏之民"，单纯而快乐。

据李清照晚年所写的《〈金石录〉后序》回忆新婚燕尔的生活，当时李清照之父做礼部员外郎，赵明诚之父做吏部侍郎，均为朝廷高级官吏。但李清照夫妇因"赵、李族寒，素贫俭"，所以赵明诚有时会到当铺典质几件衣物，换一些钱，然后同李清照一起去汴京热闹有名的大相国寺逛文物市场。这里汇聚了不少古今名人的金石碑刻字画。赵明诚夫妻二人拿着典当来的钱在这里精心选购。回家后夫妇认真把玩、欣赏、考辨。两人沉迷其中，其乐融融。

这样的生活持续了两年，赵明诚开始为官，有了一定的收入来源，生活更优裕了，经济也比较宽松。然而他们在物质方面依然是一切从简，节衣缩食，"宁愿饭蔬衣简，亦当穷遇方绝域，尽天下古文奇字"，把钱都省下来收集前人留下的书画。

夫妻二人为了"尽天下古文奇字"这个志向不懈努力，动用了各种资源、人脉，不惜钱财。赵明诚家中虽已有非常丰富的藏书，但对他而言不过是沧海一粟。他们在街上如果偶遇古玩、古籍甚至会"脱衣市易"。不过赵明诚的俸禄远不够支撑他的志趣，所以他们很多时候只能想方设法把心仪的藏品借到家中欣赏把玩几日，"尽力传写，浸觉有味，不能自已"，其中不少都是藏于朝廷馆阁中的珍本或孤本。

李清照在丈夫去世后回忆往事：崇宁年间，有人给他们找来了一幅徐熙的《牡丹图》，开价二十万钱。不过就算是富家子弟，要筹备这么多钱也不容易。夫妻二人把《牡丹图》留在家中欣赏了两夜，虽万般不舍，但因为凑不到钱，还是把它还给了卖主。夫妻二人一连数日都沉浸在惋惜惆怅之中。

情浓花颜俏，买得一枝春欲放

卖花担上，买得一枝春欲放。泪染轻匀，犹带彤霞晓露痕。

怕郎猜道，奴面不如花面好。云鬓斜簪，徒要教郎比并看。

———李清照《减字木兰花》

作这首《减字木兰花》时，正值李清照与赵明诚新婚燕尔情浓娇嗔之时。这首词可谓是幸福的缩影，在《北宋词史》上有这样一段论述："青春妙龄的少妇李清照，买花是为了赏花，是对美的欣赏；同时也是为了装饰自己，珍视自己的青春年华。花季女子，最爱美丽的鲜花。这时候精心化妆，当然是为了博得丈夫赵明诚的赏识，所以，买花、戴花的动作中又多了一层对幸福爱情执着追求的含义。一心想获得丈夫全部爱情的女子又是'小心眼'的，她会对周围一切与自己比美的事物产生莫名其妙的嫉妒，这种嫉妒又转过来表现出她对丈夫的深爱。因此，买得鲜花的李清照，忽然多出了一个心眼：不知丈夫是否会更赏识这花儿，认为'奴面不如花面好'。对自己青春容颜充满信心、争强好胜的李清照，便一定要与花儿比个高低，特意将花儿'云鬓斜簪'，让丈夫仔细端详，究竟谁更漂亮。通过这种对丈夫撒娇的情态，表现出小夫妻之间的亲昵和温情。"

这首词清丽活泼，明白如话，体现了李清照娇俏任性、活泼烂漫的个性。

因为此时李清照心底那些膨胀的温情、娇柔的少妇情怀，使得这首词词意不深，并且充满隐忍的情欲气味，因而让这首词备受争议。比如，许多人都认为这首词并非李清照所作。赵万里编的《漱玉词》中便有"词意浅显，亦不似他作"的话。但事实上，这正是李清照真实的生命本色。她非是圣贤菩萨，只是这万丈红尘里一个谋爱的女子，自有七情六欲，自有她的肆意与任性。李清照正是凭借她这真实坦荡的性情，才能写出"一种相思，两处闲愁"和"生当作人杰，死亦为鬼雄"这样意境迥异却又荡人心魄的好句来。当婉约时婉约，当豪放时豪放；当深情时深情，当怨愤时怨愤；当娇嗔时娇嗔，当清醒时清醒——她从未有过任何的表里不一。

若上天能许你一个来世，你是否愿意用一生的时间换得卖花担上盛开的一天？一个女人总是愿意把自己最美丽的一面留给自己最爱的人。

新嫁娘风情万种地向她的夫君展示自己的新妆，秋波款款，撒着娇问他人美还是花美，甜蜜之情跃然而出。汉代张敞说过，"闺房之乐，有甚于画眉者"。李清照夫妇的闺房之乐就是如此。

梅锁春寒，谁人可继芳尘

/
/
/

禁幄低张，彤阑巧护，就中独占残春。容华淡伫，绰约俱见天真。待得群花过后，一番风露晓妆新。妖娆艳态，妒风笑月，长殢东君。

东城边，南陌上，正日烘池馆，竞走香轮。绮筵散日，谁人可继芳尘？更好明光宫殿，几枝先近日边匀。金尊倒，拼了尽烛，不管黄昏。

——李清照《庆清朝慢》

宫禁中，护花帷幕低张蔽阳，红色栏杆缭绕围护，牡丹是如此被宠爱、庇护，被目光簇拥，如同一场温情的检阅，带着红尘的浊重气味。牡丹早已不是牡丹，成了这春日里最为夺目的一抹深艳，悄然挺立的姿态柔雅雍容，细微处精巧绝伦的美尽显天公造化的高妙。于是，牡丹成了天真绰约的象征，成了晓妆初成盼倩生辉的美人。妖娆艳态，妒风笑月，染尽芳尘，生生地将那司春之神引逗了去，独占鳌头。东城边，南陌上，亭台池馆人来人往。日光之下，游人把酒，醉赏流连，备觉匆忙，那溢出来的香仿佛要将游春踏花的车轮染个尽透。绮筵离散之日，正是人心潦倒之时。牡丹是华贵的，是浮嚣耀目的。牡丹的艳美有深意，是这春光里最温暖的嚣张，充满着无以细言的希望。谁人可继芳尘？无人呐！

据宋人钱易在《南部新书》中记载，宋时汴京有"三月十五日两街看牡丹，奔走车马"的风俗。这首长调赏花词，当是写在牡丹盛开之时，汴京城东南陌，明光宫苑之中，李清照与夫君香车出游，游东城，过南陌，入池馆，对花倾觞，自朝至暮直到秉烛，兴致盎然。可见，李清照的婚姻生活多么优雅、快乐！牡丹的美艳娇媚、赏花人的愉快心境都在词中展露无遗。

明媚春光里绽放的牡丹，红艳、妩媚而招摇，如同新婚的美丽少妇。李清照新婚燕尔，初尝人间的幸福滋味，乍浴爱情的阳光，她也正是一朵含露绽放的牡丹花。

在这令人陶醉的赏花盛事中，敏感的李清照忽然念头一转，又有些伤怀了——在牡丹轰轰烈烈开过之后，还会有别的花可以让这场赏花热潮得以延续吗？这可能就是"兴尽悲来"吧。既然花开花败自有时，天下筵席终须散，不如尽情享受当下的大好春光——在这明光宫苑内，有几枝牡丹正在阳光下竞芳吐艳。对着花儿飞觥举觞，把金杯内的美酒一饮而尽。即使金乌已西坠，黄昏将至，也要点亮残烛，快活一场！

在这首词里，吟咏之物不露一言，却光彩更甚。牡丹在李清照的词里如同含苞待放的娉婷少女，正所谓不着一字尽得风流。写牡丹的诗词很多，李白有"名花倾国两相欢，常得君王带笑看。解释春风无限恨，沉香亭北倚栏杆"。白居易有"惆怅阶前红牡丹，晚来唯有两枝残。明朝风起应吹尽，夜惜衰红把火看"。王维有"绿艳闲且静，红衣浅复深。花心愁欲断，春色岂知心"。但李清照用拟人的手法将牡丹藏在一个"犹抱琵琶半遮面"的蛊惑当中。她用词精准，不拖沓、不夸张、不虚妄，淡雅、绰约、天真、羞涩又极尽艳态，尽数了牡丹的天香国色，将文人笔下千篇一律的牡丹写得如此出挑，而又丝毫没有陈陈相因、人云亦云的庸常慨叹。

才下眉头，却上心头

红藕香残玉簟秋，轻解罗裳，独上兰舟。云中谁寄锦书来？雁字回时，月满西楼。

花自飘零水自流，一种相思，两处闲愁。此情无计可消除，才下眉头，却上心头。

——李清照《一剪梅》

岁月不居，时令徙转。一抬头，一低眉，一刹那，她忽然发现天已转凉。荷塘里粉红娇艳的荷花散尽了最后一丝芬芳。孤独的人只有品咂着自己的孤独，哪里还有心情欣赏、把玩那残荷之美？那冷滑如玉的竹席上也只留下一片冰凉，因为没有了他的温度。其实，冰冷的何尝只是这竹席，分明还有她那颗寂寞的心。她知道，又到一年清秋时。

那一日，闲愁难耐之时，她轻轻褪去罗裳，独自泛舟闲游。

她在时时期盼，等待远方的人寄回家书。但等那云边雁行归来，抬眼一望，却不见哪一只鸿雁能传书，唯有皎洁的月光静静地洒满西楼。那一轮满月照亮了西楼，也照亮了她的窗。只是她与他之间，横亘着千山万水。月儿圆了，可惜人不能团圆，再美好的月光又同谁去欣赏？

思念就像无法阻止的落花凋零，就像无法阻止的河水流淌。一样的相思月光，在遥远的两地惹起了心头离别之苦、相思之愁。这种相思之情无法排遣，皱着的眉头方才舒展开，而绵绵思绪又涌上心头。

"一剪梅"即一枝梅花，古时被用以寄托思念之情。这个词牌名始于"剪梅花万样娇"，又因后人的名句而得别称，如因韩淲的"一朵梅花百和香"而得名"蜡梅香"，又因李清照的"红藕香残玉簟秋"得名"玉簟秋"。

元代伊世珍在《琅嬛记》中有这样一段关于《一剪梅》的记载："易安结缡未久，明诚即负笈远游。易安殊不忍别，觅锦帕书《一剪梅》词以送之。"如这段记录属实，那么我们可以推断这首《一剪梅》作于李清照新婚不久。当时赵明诚还是太学生，婚后不久就暂别新婚妻子，继续在外求学，每个月只有初一、十五能回家与妻子团聚。两人新婚燕尔却聚少离多，必然饱受相思之苦，故李清照写下一首《一剪梅》以寄托思念之情。

此时，嫁作人妇的李清照心态较之少女时代有了些许变化。

初尝别离滋味的她回味新婚时的你侬我侬，深感失落惆怅，而独自待在"庭院深深"的赵府，一切都显得陌生，这令她平添了孤独感，她无时无刻不思念着她的爱人赵明诚。这首《一剪梅》字里行间都透露着浓浓的缠绵与感伤。这种相思之苦、"爱别离"之痛虽不至痛彻心扉，却也令人煎熬，从古至今，它是多少有情人躲不过、放不下的劫。

这首词可谓将相思之苦倾吐得淋漓尽致。起句"红藕香残玉簟秋"就为相思怀人设置了一个凄艳、哀婉的场景。明艳的红，惨淡的香，凋零之感沁入肺腑，这种明艳之下的残凉给人以触目惊心的悲。"轻解罗裳，独上兰舟"，口气看似清淡，却透着丝丝缕缕的怨。这一悲一怨流露出的正是对昔日幸福的不舍与留恋。"云中谁寄锦书来？雁字回时，月满西楼。"自语式的问答，叹息间似乎可以看到眺望的眼神和眼神背后对幸福的深切期许。那是"误几回，天际识归舟"的期盼，是"过尽千帆皆不是，斜晖脉脉水悠悠"的漫长等待。这种望断天涯、神驰象外的情思和遐想，美丽又忧伤。抬起那迷离的眼，望向苍天。云的深处，天的尽头，一行大雁正缓缓地向南飞去，是在昭示秋来的消息，还是为有情人寄去思念的信笺。"流水淡，碧天长，路茫茫。凭高目断，鸿雁来时，无限思量"，在那无数个南归的雁阵中，寄托了多少离人的哀思。

下片直抒胸臆，吐露自己的一腔深情。"花自飘零水自流"

一句，承上启下，女词人看到落花流水这般伤感之景想到了人生的种种无奈——韶华流逝、人生别离，进而表达自己的孤单寂寞与忧愁。这种相思和离愁并不是单向的，而是双向的，夫妻二人虽不在一起，彼此的心却是连在一起的。"一种相思，两处闲愁"，一组叠印成双的镜头由此幻化而出：异地同心，遥相思恋，书信难通却心心相印。这时的相思自然与幸福绞糅在一起，思念里浸着幸福。"此情无计可消除，才下眉头，却上心头"，末三句历来为世人所称道。于结尾处让这一瞬间凝结为美丽的永恒，余韵袅袅不绝，让人产生心灵共鸣、回味不已的人生感受和审美体验，与李煜《乌夜啼》中的："剪不断，理还乱，是离愁，别是一般滋味在心头"有异曲同工之妙。欢聚的幸福已经在离别中虚化，眉头的舒展只是表情的停歇，而思念早已深入骨髓，挥之不去。这首词将守望者的形象塑造得细致入微，幸福已经成为潜在的意象，而守望本身已成为生活。但守望尚未定格，团圆犹可期待，幸福仍在不远处。

清人陈廷焯《白雨斋词话》卷二中有一句评语："易安佳句，如《一剪梅》起七字云：'红藕香残玉簟秋'，精秀特绝，真不食人间烟火者。"这首词美得玉洁冰清、仙韵入骨，美得不可思议，像极了一幅色泽清丽、意境优美的工笔画。寂寞让女人如此美丽，也让女人的笔如此清灵、美丽，妙不可言。

这首词里最经典的是那句"此情无计可消除，才下眉头，却上心头"，而这一句是李清照化用范仲淹《御街行》里的"眉间心上，无计相回避"而来。清代王士禛在《花草蒙拾》中说："俞仲茅小词云：'轮到相思没处辞，眉间露一丝。'视易安'才下眉头，却上心头'，可谓此儿善盗。然易安亦从范希文'都来此事，眉间心上，无计相回避'语脱胎，李特工耳。"是的，这句话相当精巧。明代王世贞的《艺苑卮言》中对此也有印证："范希文'都来此事，眉间心上，无计相回避'，类易安而小逊之。"表达相思之情的宋词不胜枚举，然而论清新雅致、不落俗套，李清照的词无能出其右者。她在表达情绪时自然而淳朴，这首《一剪梅》正是因女词人一颗谦卑纯真之心而变得清新脱俗。李清照在这首词中没有埋怨不归家的丈夫，也不是一味地抒情。整首词都透露出她对爱情的向往和伉俪间清澈如水的纯美之爱，渲染出意境之美。

自古多情伤别离，飞絮飘零伴落红，多情女子，寂寞心事，繁华如三千东流水，饮不尽的相思滚滚来，一首《一剪梅》沉醉了多少被情缘牵绊的心，词中的离愁别绪被惜墨如金的寥寥数笔渲染得淋漓尽致。

男性诗人、词人也写这类闺怨题材的作品，如李白、李商隐、温庭筠等，特别是以温庭筠为代表的花间词人，很多都是"男子作闺音"的高手。但他们大多是从男性的角度来感受、想象、猜度女性的心理状态和情感，仔细品来，多有一种"赏花"

的态度，有欣赏，有同情，有怜惜，有赞美，但总是一种旁观的视角，有一种莫名的疏离感，其中还有性别造成的微妙心理差异。而李清照却完全是从自我的真实感受出发，从最直接的人生体验出发。尽管在现实生活中所感受到的孤独、寂寞和忧愁是无可名状的，是一种难以忍受的无奈。一旦拿起笔来，她们内心的感受却化作了具体可感的形象，化作了富有美感的画面。那种深深的情感体验隐藏在那些形象后面，而这些形象，无一不具有女性审美的特质：阴柔、温婉、缠绵、伤感、梦幻……在所有女性词人的作品中，李清照的词显得格外亮眼。

南宋王灼在《碧鸡漫志》中云："易安作长短句，能曲折尽人意，轻巧尖新，姿态百出。"

明人李廷机在《草堂诗余评林》中这样赞赏李清照的《一剪梅》："此词颇尽离别之情。语意超逸，令人醒目。"

隔着千年的时光，她那些阴柔而美丽的文字，始终让人沉醉，让人痴迷。醒时独对烛花红，日夜的思念与等待，何日是尽头？这份滴着血的心思落进浓墨里，融进生命里，直至升华成最深的情感，书于一方纸上，流芳百世，装进史册。

重门深院恨绵绵

/
/

帝里春晚，重门深院。草绿阶前，暮天雁断。楼上远信谁传？恨绵绵。

多情自是多沾惹，难拼舍，又是寒食也。秋千巷陌，人静皎月初斜，浸梨花。

——李清照《怨王孙·春暮》

那是人生美好的最初，她与他从初见于明媚的阳光下，到两人软语温存、鹣鲽情深的那一段时光。

京城的暮春时节，本是热闹繁华、莺飞燕舞的大好时光，而她虽然婉约如画中人，却独自在"重门深院"里，观石阶上春草片片绿。无法与他一同去亲近大自然，岂能不叫人顿生愁怨呢？

京城是热闹繁华的所在，暮春是莺啼花开的季节。"重门深院"是李清照独处时的写照。"重门"显其府第之森严，"深院"微露深闺之寂寞惆怅。庭前草绿，让人忆及"王孙游兮不归，春草生兮萋萋"。"云中谁寄锦书来，雁字回时"，至此处已是雁书已断，音讯不知。"楼上远信谁传？恨绵绵"。李清照在西楼望见庭阶前春草绿了，时不时便会抬眼望向天，指望会有某只大雁落进视线，带一封写满他的挂念的书信。但待天色渐晚，暮色苍茫，她依然不见传书鸿雁的踪影。楼上传来了欢声，不知是哪方的家书已至。雁且知归，人竟不返，勾起她无穷怨意。这一年这一日这一时，音讯杳无，她心底里那绵绵不绝的恨恨从尘埃里渐渐开出苦涩的花来。

"多情自是多沾惹，难拼舍，又是寒食也。"她是情深的女子，他亦是义重的人。只是，她惶惶欲知相聚在何时，他却不能告知。又到寒食这一日，多情自是多烦恼，欲不思念却又难以割舍。归人尚无消息，当此良辰美景，将如何消度？独自面对生活，这是何其虐心的多磨岁月。"秋千巷陌，人静皎月初斜，浸梨花。"这是一个凄清皎洁、如梦如幻的境界。当夜深人静，庭院中的秋千兀自空荡，闾里巷陌亦是人声寂静，初升的皎月斜挂天际，洁白的梨花沉浸在银色的月光里，寂寂无语。"梨"者，离也。那瓣瓣残花飘落在风中，宛若她片片飘零的心。那月光下的梨花不由触及了人的离情别绪。这离愁轻如云、薄似雾，如月光绵绵不绝，在心头萦回缭绕。

这让人想起温庭筠《菩萨蛮》中的"满宫明月梨花白，故人万里关山隔"。这难得的佳句，非常清奇、空灵，一个"白"字烘托出"明月照梨花"的那一派清旷、空灵、寂静乃至有些凄冷的境界。试看宫室之内，月光澄明清澈，点明这又是一个不眠之夜。那位绣衣的女子走到窗前一望，只见月光下的梨花盛开如雪。举目远眺，只见关山重重，而他思念的人却在万里关山之外。

《怨王孙·春暮》大约作于宋徽宗崇宁二年（1103），应该和《一剪梅》写作时间差不多，都是暮春时节，只有二十岁的李清照幽居独处时所作。她之所以孤寂至此，与赵明诚长期宦游在外有关。

谁与共，泪融残粉花钿重

　　暖雨晴风初破冻，柳眼梅腮，已觉春心动。酒意诗情谁与共？泪融残粉花钿重。

　　乍试夹衫金缕缝，山枕斜欹，枕损钗头凤。独抱浓愁无好梦，夜阑犹剪灯花弄。

——李清照《蝶恋花·离情》

　　和风细雨，柳绿花红，不知不觉又到了初春时节。此时的李清照虽已嫁作人妇，不再是那个为春感喟的少女，却依旧敏感、细腻。春意正浓，她却独居深闺，企盼夫君早日还家，心中满是寂寥。"柳眼梅腮"四字甚是动人而新奇，正是"易安体"的典范。渐绿的嫩柳似媚眼微睁，盛开的艳梅如香腮红透。这一句值得玩味，让人不由想到苏东坡的那句"萦损柔肠，困酣娇眼，欲开还闭"。"暖雨晴风初破冻，柳眼梅腮，已觉春心动"一句饱含词人萌动的春心。

可外在的景致越是热闹、喧嚣，越是突显词人内在的寂寞愁肠，纵是一片大好春光却徒增感伤。"酒意诗情谁与共？泪融残粉花钿重"，心中的情感无法排遣，化作清泪，融了脸上的脂粉。

"乍试夹衫金缕缝，山枕斜欹，枕损钗头凤"，穿上了新制的春衣，却慵懒地倚着枕头，把头上的钗子都压坏了。最后一句便是全篇的"入神之句"，"独抱浓愁无好梦，夜阑犹剪灯花弄"，本想就这样睡去，好在梦中求得一丝慰藉，却因"浓愁"而孤枕难眠。夜已深，她还在百无聊赖地剪弄灯花，排遣愁绪（一说在古代，女子通过剪灯花来卜算丈夫的归期）。此句中"抱"和"弄"两字突出了相思之愁的煎熬。

春光虽美，却刺痛了孤独的心。春天的明媚与深闺中的黯然形成了鲜明对比：屋外"暖雨晴风""柳眼梅腮"，屋内佳人"山枕斜欹，枕损钗头凤"；本应是红梅盛开之际，伊人却"独抱浓愁"，任芳华逝去。

李清照炽热的爱被压抑着，这令她饱受折磨。不知她在"夜阑犹剪灯花弄"时会不会想起那句"闺中少妇不知愁，春日凝妆上翠楼"。多情的人儿败给了无情的现实，这段红颜劫真是令人心痛，令人叹息！

李清照最擅长的是于细微之处落笔，腾挪辗转。她始终具备那样的素质，书一点滴成一汪洋，将微小的事情写得荡气回肠。

徐士俊在《古今词统》里这样评价《蝶恋花》："（眉批）此媛手不愁无香韵。近言远，小言至。"

留晓梦，惊破一瓯春

春到长门春草青，江梅些子破，未开匀。碧云笼碾玉成尘，留晓梦，惊破一瓯春。

花影压重门，疏帘铺淡月，好黄昏。二年三度负东君，归来也，著意过今春。

——李清照《小重山》

春草青青，春华灼灼。碾茶成粉，晓梦怀人。花映重门，月掩黄昏。二年三度，辜负东君，只盼今朝能归来，着意度过这一春。

这是一首抒发惜春之情的清新小词，捕捉到了初春的种种画面，意韵极美。词的开头描绘了初春景象：春草乍青，染绿了大地；江边的梅花含苞待放，几朵着急的已经展开了花瓣、吐出了嫩蕊，娇艳动人。趁着美好的春景品一瓯新茗，这是何等惬意、雅致啊！但其实在这如此轻快、充满生机的开头，李清照也为思愁的抒发做了铺垫。

　　"春到长门春草青"这句是李清照从五代薛昭蕴的《小重山》中一字不动地照搬来的。后者的原句为"春到长门春草青，玉阶华露滴、月胧明"。借用别人的诗句，难道是因为李清照的才思不够了吗？想必不是这样。她之所以原封不动地将这句话作为自己作品的开头，大抵是因为这句话刚好触动了她的心弦，也触发了她的创作灵感。

　　在这"春草青""梅些子破"的白描下面，还隐藏着另一层深邃的心绪："长门"是指长安离宫，汉武帝陈皇后失宠后所居之处，后人多以此指代冷宫。在这里也影射了李清照略感凄凉的幽居生活。春回大地，草儿复绿，又到了赏梅时节，但是她苦等的丈夫却尚未还家，这样的对比怎能不让人失落惆怅。下阕的"二年三度负东君"则道出了她心中之苦：新婚才两年，她就经历了三场与夫君的别离，常常要独守空闺。这样的寂寞着实折磨人。

　　尽管处处透露着寂寥和淡淡的忧伤，但是这首词和同一题材的其他词基调明显不同，没有过多地表达自己心中的苦闷。总的来说，这首词清新、明快、巧妙而充满美感，体现了李清照对生活的热爱和期许，让人感觉到了春日的和暖。"些子"，即一些，这样口语化的词让作品的调子变得俏皮、活泼；"一瓯春"，即一杯碧绿的春景——杯中装的是茶亦是景，这样充满想象力的遣词造句更显轻快。

　　"碧云笼碾玉成尘，留晓梦，惊破一瓯春"一句让静态的春景变得生动起来了。看着屋外一片春光，爱美的女词人怎能不为之动容？李清照兴致极佳，想要细细品味春景，于是拿出碧云团茶，碾碎后煮上一壶，倒入茶瓯。她望着屋外的春草、春梅，品着新茗的清香，看着杯中那像极了春色的青绿，一种很舒服的感觉在胸中漾开，思绪变得飘忽起来，不由得想起了方才的梦，又是一番回味。"晓梦"究竟为何，词中并未透露，也给读者留下了想象的空间。也许在梦里，她见到了日思夜想的丈夫，或与他携手游春，或与他互诉深情。

　　她似乎有意延续这个梦，然而却被手中的"一瓯春"驱散了最后一丝睡意。恍惚之间就到了黄昏时分，"花影压重门，疏帘铺淡月"，初春的夜晚，如水的月色从疏疏帘幕中透过，花影层层叠叠掩映着一重重门。这恬静的小院夜景宛如一幅水墨画。"压""铺"两字非常传神，为静态的画面赋予了动态之美。"压"使遮着门的花影变得有重量和质感，虽未明示却写出了花影的繁密；"铺"则将月亮拟人化，写出了月光的温柔，同时让整幅画面生动了起来。这让人不禁想起了林逋的"疏影横斜水清浅，暗香浮动月黄昏"，又想起了王国维的"花影闲窗压几重"。

　　敏感的李清照在此情此景中怎会无所触动？"二年三度负东君"，"东君"即司管春天之神。李清照婚后三个春天都没有丈夫陪在身边，白白辜负了一片春光。于是她顾不得女子的矜持，大胆地对自己的丈夫隔空喊话："归来也，著意过今春。"想要与丈夫共度这良辰美景。这样热烈、率真的呼唤道出了李清照对丈夫早日归来的迫切期盼。

第三章

霎儿晴，霎儿雨，霎儿风

正人间、天上愁浓

草际鸣蛩，惊落梧桐。正人间、天上愁浓。云阶月地，关锁千重。纵浮槎来，浮槎去，不相逢。

星桥鹊驾，经年才见。想离情、别恨难穷。牵牛织女，莫是离中。甚霎儿晴，霎儿雨，霎儿风。

——李清照《行香子·七夕》

这首词在《历代诗余》里题作"七夕"，大约作于崇宁二年（1103）至崇宁五年（1106）之间，此时的李清照大约二十二岁到二十五岁。从词意里能判断李清照与赵明诚夫妻二人分居两地，而这一次分离的原因正是"元祐党人"的政治事件。

自宋神宗时起用王安石变法以来，新旧党水火不容。朝廷内部激烈的新旧党争把李家卷了进去。李清照出嫁后的第二年，也就是宋徽宗崇宁元年（1102），北宋朝廷中新党与旧党之争产生了有名的"元祐党人碑"事件。李清照的父亲李格非因为是旧党"苏门后四学士"之一而被列入元祐党籍。

宋徽宗崇宁元年，新党代表人物蔡京任右相，极力打压包括苏门弟子在内的元祐一朝旧党人氏。李格非就因被列入元祐党籍而被降职，当时名单上共十七人，李格非名位第五。被列入这一党籍的十七人，均不得在京城任职。李格非遂被降职为京东路提刑。

是年七月初七，那是一个夜深露重的秋夜，李清照独自一人拿着轻罗小扇坐在庭院里，怀着心事仰望着天上的银河。这时只听得"草际鸣蛩，惊落梧桐"。七夕之夜是那样幽静，草丛中蟋蟀的叫声格外清晰，惊破了静寂的光阴，连院里梧桐的叶子都被惊得簌簌地飘落下来。这种寥落空旷的声音给人心头平添一份萧索和寂寞。

"草际鸣蛩"打破了宁静的夜空，这秋后的虫鸣听起来有些突兀与凄凉，仿佛在与女词人共鸣，叫出了她心中的孤独与悲伤。由眼前的人间之境又联想到了"天上愁浓"。天上的牛郎织女也是常年在离别之中不得聚首，一年只有这一夜能够短暂相会。此时，不论天上还是人间都被浓浓的离情别恨所笼罩着。词作的这个开头宏达辽阔，有天与地的对应，也有人与神的共情，烘托了思愁。她仰头望天，见云团厚重，连绵不绝。大约那就是牛郎织女七月初七鹊桥相会的地方。一年一聚，其余的光阴皆在云阶月地的星空当中，他们被千重关锁阻隔。他们如同浩渺星河中的浮槎，来往荡游，却不能聚首。咫尺天涯，星桥鹊驾，经年才见。他们心里的离情别恨，怕是在这短短一日的光阴里难以尽述。可当她再抬眼望去时，这天色变幻不定，她忽然心里便生出强烈的隐忧，担心这一时晴、一时雨、一时风的天气会在这郑重的日子里生出事端，阻碍了牛郎织女这一次相聚。牵牛织女，"莫是离中"，他们不会还在分离当中吧？她是在问自己，也是在质疑自己假装的镇定自若。

二十二岁到二十五岁这三年时间里，李清照需要容纳并要消化新旧党争在心里刻下的烙印以及公公赵挺之自称"天水赵氏"的赵家门庭里的冷漠炎凉。

此时李清照回到了老家的百脉泉边，景况寂凉。于是这一年七月初七，她到底还是败给了回忆。牛郎织女尚有聚首的日期，人间夫妻两地分离却是团圆希望渺茫。

炙手可热心可寒

/
/

　　夜已深，秋风微凉，神情凝重的李格非从皇宫回来，踱步至有竹堂，无言地伫立于堂前，心中充满难以言说的沧桑。此时的他已知晓圣意，因遭昏庸君王贬谪而徒然感喟。他将携家眷离开这个曾经令他意气风发、施展抱负的繁华的汴京，壮志未酬，风光不再。

　　李格非始终坚持着自己的政治信仰，无论皇上如何决定，他都能接受，只是有些舍不得经营了十多年的有竹堂。这里，是他的气节——"出土有节、凌云虚心"的文人精神的象征。

　　宋崇宁元年（1102）的一天，宋徽宗连夜将满朝文武传唤入宫，准备宣判一些朝廷重臣的命运。每个人怀着不同的心思与猜测，穿过一道道城门，神色匆匆地赶往大殿，这其中就有分属新党和旧党的赵挺之和李格非。

　　一个巨型石碑在太监们的传唤下被推往皇宫的礼门。那是宋徽宗亲手书写的元祐党人名单，刻石碑立于端礼门。李格非不幸位列其中，他被罢去官职，并逐出了京城。

而此时的赵挺之，可谓是春风得意，一路升迁，晋封尚书右丞，不久后又被授予尚书左丞，擢升宰相，赵挺之"排击元祐诸人不遗力"。

夫家娘家，一荣一枯，对比太强烈了，父亲的官场不幸将李清照从甜美的梦里硬生生拖了出来。

因此李清照初尝现实的残酷和人情冷暖。赵挺之完全不顾亲情，只因平时与苏门中人有罅隙，对亲家李格非所受的迫害无动于衷，这使李清照非常气愤。为救父难，往日从不肯屈膝的李清照忍不住将一首真挚的救父诗"何况人间父子情"举到赵挺之面前，希望重权在握的公公赵挺之能够网开一面，救父于水火。

对此，时人张琰记录了当时的情况："（文叔女上诗赵挺之）救其父云：'何况人间父子情'，识者哀之。"然而，赵挺之因与李格非身处不同的政治派别，虽身为当朝宰相，却并未施以援手。

就这样，李清照那身居高位的公公出于对自身利害的考虑，不顾儿媳妇的求助，对亲家采取了宁左勿右的做法。

李清照非常伤心、失望。

南宋晁公武在《郡斋读书志》中记载："（格非女）有才藻名，其舅正夫（挺之字）相徽宗朝，李氏尝献诗云：'炙手可热心可寒。'"

当时李清照闯进了公公的书房，对公公站在蔡京一方表示出反感与不屑，强烈希望公公顾及人间父子情，不要做"炙手可热心可寒"的事情。

当然，这次的劝诫和恳求并没有奏效。李格非一家依然面临被罢官免职、遣送回籍的惩处。宋朝对女人来说，是最倒霉的一个时代，脱离了大唐的丰满、富丽、恣意，也没有汉时的淡定、平和。宋代礼教森严，尤其是对于女人来说，连穿衣服都是层层叠叠，领子一直束到脖颈，规矩又严又多。所以，儿媳这样跟公公说话简直是犯大忌。但为了维护娘家，她全然无惧，这次勇敢觐见公公，是李清照真性情的流露。

"炙手可热心可寒"，心寒的是谁，自然就是李清照。政治从来与女人无关，又从来给女人带来莫大的苦难。此后，出嫁不过短短两个年头的李清照就要经历夫妇离散的悲苦。李清照的一生以此为起点，开启了苦难的历程。

此时此刻，汴京的上空有一股暗流在渐渐形成旋涡，一场更大的灾难正在悄悄地酝酿。

绝情：驱逐出府

被罢官后的李格非只得携眷回到原籍明水。这一次政治风暴改变了许多人的命运，如李清照一家、大名鼎鼎的苏轼、才子秦观等。后来，这已经演变成了蔡京清除异己的手段，但是宋徽宗昏庸，听之任之。此事致大批良臣离散，以致后来徽、钦二帝被掳。元祐党人案也成为北宋治乱存亡之关键。

当独自等待丈夫归来的李清照听说父亲的不幸遭遇时，李格非已经带着一家老小离开了汴京，父女连见上一面说上几句体己话的机会都没有。对于李清照来说这无疑是雪上加霜，这繁华的汴京城，如今已没有了往日的热闹与乐趣，取而代之的是满城的流言蜚语、猜忌与中伤。元祐党彻底失势，作为被清理的元祐党人的女儿，李清照又怎能独善其身？父亲成了人们茶余饭后的谈资，尊严被人们践踏，为人子女的她也有所耳闻，感到了切肤之痛。

赵挺之身为新党重臣，并没有念及李清照是自己的儿媳而对她多加关照。赵明诚不在，夫家也不再是李清照的庇护所。听到父亲离京的消息后，李清照寝食难安，不思茶饭。但赵府一切如常，锦衣玉食，尊贵荣华。这一切让李清照觉得格格不入，也令她备感厌倦。但她仍然控制自己的情绪，遵守赵家的规矩，和他们一起用晚饭。她心中的不快写在脸上，一直都没有拿起筷子。赵挺之神情自若，赵家人对她父亲的遭遇只字不提，对她更是不闻不问，冷漠如陌生人。此时的李清照感到生活很无望，日渐凄凉，这里恐怕也难再栖身。她望着当初和丈夫一起种下的那树江梅，心头更痛，泪水肆意涌出。望着那轮月亮，她牵挂父亲，不知他此刻身在何处，在做什么。她又想到了广寒宫——自己的境遇与天上的嫦娥有几分相似——清冷、孤单、受到禁锢。她多想长出翅膀，远远地逃离这里，远远地看看父亲，在这样一个黑得令人窒息的深夜，她多渴望能听父亲哼唱一首她儿时熟悉的小曲啊。她就像一个蚌，内心深处存留着柔软与温暖，那都是儿时、少女时代的记忆。曾经的纯真与美好帮助她抵御如今世界的残酷，显得尤为珍贵。这场政治风波不知何时才会平息，也许就像赵明诚的归期一样，遥不可知。李清照的生活在现实的打击下变得七零八碎，心中思绪万千，她倚着那株梅树，在夜晚低声啜泣的冷风中寻求一丝温暖慰藉。

这场政治风波不仅没有如李清照所愿尽快平息，反而一直在持续发酵，并且愈演愈烈。崇宁二年（1103），李清照终是受到了父亲李格非的牵连。皇帝先后颁布两道诏令："元祐党人子弟一律不得留京为官，悉数迁往外地。""宗室不得与元祐奸党子孙为婚。"按理说这两条诏令并没有直接对李清照不利，一则她一介女流没有可能入朝为官，再则赵挺之也并非皇室宗亲。赵挺之出身寒门，虽与皇室同姓却不同宗。但是如今朝廷的大臣都对元祐党讳莫如深，甚至深恶痛绝，其矛头尤其指向苏轼，也当然不会放过苏轼的得意门生李格非。正所谓墙倒众人推。权衡利弊，赵挺之觉得李清照成了自己仕途上的一块绊脚石，于是决心和这个儿媳划清界限，对皇帝表忠心。

心思细密的李清照早就知悉赵府上下对她的不满与排斥，尽管如此，公公的绝情还是令她心寒。屋外是籁籁的落雨声，随着雨打风吹，江梅树上的花瓣纷纷落下。她听着雨声，辗转难眠，便借酒消愁。她感慨命运的捉弄，懊悔当年自己不该如此草率地嫁进赵府，几杯烈酒进肚，醉意蒙眬，恍惚中她仿佛看到了一个曼妙少女——那个曾经快活、单纯、引无数风流公子折腰的少女，谁承想，如今会落得这般田地，不知要去向何处，如落花般在风雨中飘零。

何去何从，凄苦愁浓

/
/

　　不出所料，赵挺之没有对李清照手下留情。在一个早晨他找李清照谈了一次话，看起来他这个当公公的非常仁慈，对儿媳关怀备至，但其实，他只是让自己不失体面地向儿媳宣布一个残忍的决定，将她逐出赵府。

　　李清照虽家门败落，但毕竟一直是大户千金，有着不输男儿的自尊与气节，她没有哀求，没有多说什么。她去太学府找自己的丈夫赵明诚，期待着他能够尽一个丈夫应尽的义务：给自己的娇妻提供一个遮风避雨的港湾。然而她的希望破灭了，赵明诚见到她并没有嘘寒问暖，而是兴奋地向她宣布自己要在仕途上施展一番拳脚，没有时间陪她。李清照默默看着自己所爱之人，将没有说出口的话吞了回去。她不忍心耽误他的前程，只好心灰意冷地与他别过。

　　是的，这一天还是来了，马车驶出赵府，她踏上了一条苍凉的路，心中有说不出的爱恨、辛酸。

汴京城内，李格非的府邸已成了一个空壳，家眷全都离开了。那里不再是李清照的娘家了，她不能再去院中抚摩父亲栽种的江梅了，也不能再坐在墙外的那个秋千上吟诗作赋、发出欢声笑语了。

李清照一直都没有收到父亲的消息，很是思念他，也思念自己的儿时生活。她依稀记得，在明水老家的小院中有一口泉眼，一年四季都有清澈的活水源源不断地涌出。父亲为了给她提供一个舒适的环境，还在泉旁布置了假山石。她儿时的很多美好回忆都与这个小院有关：趁着稀薄的晨雾，坐在假山上，捧一册诗词，伴着轻快的流水声，细品新茗的甘醇芬芳，全心浸润在优美的文藻中，不惹红尘，是何等惬意啊！那样的生活却再也回不去了。

但是她并不后悔，因为她有赵明诚。她为了自己的丈夫可以忍受一切不如意，她爱得深切、爱得死心塌地。为了这份爱，她几年来一直在冷漠无情的赵府忍气吞声，承受着孤独寂寞之痛。她相信丈夫对自己的爱也是如此坚定不移、不离不弃。然而日复一日，她望着夜空中月亮的阴晴圆缺，活在无尽的等待中，逐渐被无法抵御的忧伤侵蚀，她没有过去那么相信爱情了。无论从前的她多么熠熠生辉，如今的她只是个嫁为人妇的女子，丈夫赵明诚虽然爱她，但不会把她当作生活的重心，忙起来更是顾不上她。她就像一朵藏在闺阁中默默绽放的花朵，无人问津，所能做的不过是顾影自怜罢了。

她越发感到生活索然无味，怨与愁肆意蔓延，如长着锯齿的杂草，在她心底划出一道道伤口，总在不经意时令她痛苦不已。夜已深，李清照恍惚地躺到床上，点燃蜡烛，望着一滴滴落下的烛泪，任愁情与思绪随窗外的冷风纷飞。这间屋里的装饰、布局都还保持着新婚时的样子，那时的欢声笑语、柔情蜜意历历在目，但美好如过眼云烟，一去不复返了。

她胡思乱想：此时和她同在一个汴京城却不能相守的丈夫赵明诚是否已经睡了？他是否会思念她，替她的命运担忧呢？造化弄人，让他们生在官宦之家，父辈还是政敌。如果命运能够改写，她宁愿两个人都生在寻常百姓家，他不是那个权臣之子赵明诚，而只是一个潜心钻研金石的学者，两人的日子虽然清贫，但总是充满浪漫、诗情画意，彼此志趣相投，相互依靠，心心相印。

在李清照的世界里，爱情是那样的妙不可言，甚至比生命更重要，她渴望的爱情是完美而梦幻的童话，总有一天会被现实击碎。当她猛然清醒时，才会发现一切已枉然。

这一夜，她始终无法入眠。因为元祐事件的牵连，朝廷已向她下达最后通牒。

夜安静得可怕，闺房的温度低得吓人，像要冻结昔日的温存。月华如水，她看见月亮挂在遥远的天上依然向她微笑，自己该何去何从？

独自离京回原籍

天将擦亮，李清照就登上了离去的马车，昨夜下了一场雨，路面湿漉漉的，泛着微亮的水光，仿佛未干的泪。李清照掀开帘子，再看一眼这熟悉的汴京城，看一眼曾经走过的街巷，然而这一切却静穆着，仿佛不认识她。在这寂静的清晨，嘚嘚的马蹄声和车上铃铛的声响不断回荡。

马车经过了太学府，她知道此时赵明诚就在里面，他们之间只隔着一堵墙。但是这墙太高太厚了，太学府守卫森严，外边的人进不去，里面的人出来也难。虽然知道无法与赵明诚见面道别，但李清照还是叫车夫停下了马车。她抬头望着高得让人压抑的墙垣，略有不甘地看了看那飞檐翘角，上面的石雕狮子昂首挺胸，张着嘴似乎在叫喊。她多希望里面的丈夫能与自己心有灵犀，听到自己心中的呼唤。

但此时的赵明诚经过一夜苦读，应该还在休息。李清照的心已经穿过了高墙，在每一间屋舍中寻找丈夫的身影。她有些焦急和迫切，这次别离不知何时才能再见，她多想在这墙边跟他一起许下誓言，彼此永不相忘、永不相负。

但命运像是马不停蹄的忧伤，李清照只能令马夫启程，向着远方急奔而去。

奔波数日到达家乡后，李清照才踏入家门，受伤的心还没有来得及得到抚慰，就听到了一个噩耗：一向对她宠爱有加的祖父已经驾鹤西去了。她的心中百感交集，新愁旧痛不断发酵，来到祖父的坟前痛哭一场。

阔别家乡十余载，再归故里，她不过是个出阁没多久的新嫁娘，却落得这般狼狈、尴尬的境地。这一切对于一个不到二十岁的女子来说是多么难以承受啊！而此次与丈夫一别，不似以往的小别。在七夕之夜，想到牛郎织女的故事，再反观自己，李清照难免会产生今生再难与君团聚的悲观念头。

在才华与名气的背后，在那些曾经自信骄傲的神情背后，这位大才女的内心是如此脆弱，如此惧怕孤独。庭院如囚，愁绪重重，生命中那些孤独而寒冷的日子像蛇一样噬咬着她那颗格外敏感的心。纵然李清照是一个不俗的女子，有着傲人的才华与名气，比其他女子更有见地，也更有胆识，但她终归是个女子。她和寻常女儿家一样，向往美好的爱情，渴望被宠爱，渴望丈夫的陪伴，渴望有一个属于两个人的温馨的小家，不再漂泊。

离忧无可诉，不知酝藉几多香

/
/
/

红酥肯放琼苞碎。探著南枝开遍未？不知酝藉几多香，但见包藏无限意。

道人憔悴春窗底。闷损阑干愁不倚。要来小酌便来休，未必明朝风不起。

——李清照《玉楼春·红梅》

鲜花和女子是相似的。最美丽的时候就是含苞待放的那一时刻。那将开未开的江梅花瓣鲜红似火，柔润如酥，花蕾朵朵晶莹剔透，每一朵都是热烈与娇柔的混合体，欲爱惜这朵，又恐冷落那朵，朵朵都那么娇艳，那么惹人爱怜，不知该从哪里欣赏才是。这个时节，早梅已经开花了，大约已经把岭南的山峦装点得一片艳丽了。谁能说清那静待绽放的花苞中蕴藏着多少芳香和深厚的情意呢？而赏花的人呢？她一脸憔悴，形单影只地在窗下看得出神，沉默不语，忧愁又上心头，都没有心思倚靠阑干了。如果要饮酒赏花就趁今天吧，万一明天起了风就来不及了。

离开赵明诚的日子里，她无时无刻不在思念他，脑海里不断重复着同一个场景，那个一生只有一次，即使在离世的前一刻也不会忘记的回眸。和煦的阳光洒在那张笑容绽放的脸上，舒缓地放映着陌生的、亲切的、熟悉的、温柔的过往，伴着郁郁的香气，全然幻化成眼前花瓣上的一片艳红。玲珑骰子安红豆，人生的伤感莫过于离别。那些尘封的书信带不来丈夫的慰藉，只能在梦里释放所有的思念。

娘家与夫家如今是两般境地：一边是地上，一边是天上；一个惨遭贬斥、辉煌不再；一个春风得意、富贵荣华。李清照是第一次面对世态炎凉，真切地经历了人情冷暖。这首表达忧患之情的词大概就写于这个阶段。李清照的词中常出现"花"，在人生的不同阶段，随着境遇、心态的改变，她借花来传达的情各有不同，不过在每个时期的作品中都出现过"风雨催花"的景象。比如《如梦令》中的"昨夜雨疏风骤……却道海棠依旧"，《浣溪沙》中的"细风吹雨弄轻阴，梨花欲谢恐难禁"。

李清照敏感于四季流转，花开花谢总能牵动她的思绪。她是细腻而多愁善感的，以至于看到那初绽的花朵，就会想到它总有凋零的一刻——如同自己的命运。现实就如天气，风云变幻莫测，不知何时就会有一场风雨，将美好的事物摧毁；而芳华也会在风雨飘摇中匆匆逝去，这是何等悲凄！

旧事就像微弱的烛火，忽明忽暗。那一段新旧党争，那一段光阴让李清照承载了太多。太多的沧桑和冷暖，太多的未知与惊惶，太多的弃离和消逝。于是李清照作这首《玉楼春》是带着隐忍、艰涩和忧患的。

清人朱彝尊在《静思居词话》中评论这首词："咏物诗最难工，而梅尤不易……李易安词'要来小酌便来休，未必明朝风不起'。皆得此花之神。"

第四章

赌书空忆泼茶时

风云变幻，浮沉瞬间事

政治上的勾心斗角，向来就是水火不相容的，不是鱼死就是网破。当年赵挺之追随蔡京一起打击元祐党人青云直上，但当旧党人物被驱逐殆尽之后，蔡京与赵挺之之间的矛盾渐渐暴露。毕竟赵挺之与蔡京是有区别的，蔡京为人奸佞，赵挺之对他的许多所作所为并不苟同，且"屡陈其奸恶"。

> 既相，与京争雄，屡陈其奸恶，且请去位避之。以观文殿大学士、中太一宫使留京师。乞归青州，将入辞，会彗星见，帝默思咎征，尽除京诸蠹法，罢京，召见挺之曰："京所为，一如卿言。"加挺之特进，仍为右仆射。
>
> ——《宋史·赵挺之传》

朝堂之上波诡云谲，一切都充满变数。元祐党余波未平，在蔡京的极力推荐下，徽宗任命赵挺之为尚书右仆射。没过多久，赵挺之因看不惯蔡京的所作所为，打算向徽宗请求辞去相位，回老家青州。他正要入宫请辞，天上正巧出现彗星，此乃凶兆。宋徽宗看到这样的警示，沉思了许久，决定罢免蔡京，仍旧让赵挺之任右仆射，还加任他为中书侍郎。崇宁五年（1106）初，赵挺之得到了皇上的信任与重用，成了这场政治斗争的胜利者。

随着蔡京的倒台，徽宗下令废除其所定下的一切条律，将"元祐党人碑"也推倒了，并且大赦天下，那些约束着元祐党人的禁令也被悉数解除。李格非终于可以携家眷重返汴京，"并令吏部与监庙差遣"，李清照终于能与赵明诚团聚了。

世事无常。因蔡京善于结党营私，宋徽宗大观元年（1107）正月，蔡京又复任宰相，无情的政治灾难又降到了赵氏一家头上。

与蔡京复相同步的是，同年三月，赵挺之被迫辞去宰相官职，罢掉右仆射。仅仅五天之后，赵挺之便病逝在家中。

赵挺之的死对赵家来说是一次由盛转衰的重大转折。赵挺之死后，蔡京等人诬陷他，并将赵家兄弟全部免官，赵明诚自然也被罢免官职。

更大的灾难是，在赵挺之死后仅三天，因被蔡京诬陷，赵挺之的家产被查封，家属、亲戚在京者被捕入狱，但因无事实，不久即获释。

　　父死家败，甚至一度惹上牢狱之灾，赵明诚心寒已极，与李清照离开汴京，回到他的故乡青州（今山东青州）屏居。

　　这一回乡，便是十年。

易安居士归来堂

/

/

在乱世中，青州犹如世外桃源，风景清幽，十分适合才子佳人居住。青州装载了李清照和赵明诚完美的爱情。

李清照随赵氏一家回到在青州的私第，开始了屏居乡里的生活，过了十年煮酒猜茶、踏雪寻梅的好时光。那是快乐的十年，两人收集文物、潜心著书，人世的纷纷扰扰离他们很远很远。

李清照、赵明诚屏居青州，始于宋徽宗大观元年（1107）秋。第二年，李清照给居处命名为"归来堂"，"归来堂"取义于陶渊明《归去来兮辞》，自号"易安居士"，居住的屋子叫易安居。

李清照没想到因祸得福，非常开心。易安居是一辈子不可复制的美居，那里收藏了她这一生的美好和甜蜜。

"归来堂"这个名字还有一个来由：与李格非同为元祐党人的晁补之被罢官遣回原籍后，在老家缁城修建了一个"归去来园"，并且用《归去来兮辞》中的词语来命名园中的景物、亭台，还自号"归来子"。这个趣闻自然传到了李清照和赵明诚耳中，他们很仰慕这位前辈，于是饶有兴致地模仿起来。《归去来兮辞》中有"倚南窗以寄傲，审容膝之易安"，李清照自号"易安居士"，也取其中之雅意。

赵明诚一生致力于金石学研究，对于金石学的热情超出了对金钱与功名的渴求。在他的眼里，文玩古卷的价值不是用金钱能够衡量的，但是他用于购买古器、字画的钱是一笔不小的开支，因此夫妻二人的生活过得非常节俭。对于丈夫的志趣李清照非常理解并支持，她甚至牺牲了女子爱美的天性——不戴珍珠翡翠，只在头上插个荆钗，身上穿的不是艳丽的华服而是素衣布裙。她把丈夫的爱好和王维的"书画癖"相提并论。不仅如此，对于金石学，李清照自己也是非常投入的，她总是与赵明诚一起研究收集来的宝贝，一起勘校、整理、誊抄古本，乐此不疲。这成了他们生活中快乐的源泉。而赵明诚对于李清照的造诣更是赞不绝口，妻子渊博的历史知识和过人的记忆力令他折服。他们还用节余下来的钱财建造了藏书的房舍，利用业余时间在古籍碑刻里寻觅可以收藏的典籍。

"归来堂"的清贫生活虽然完全比不上昔日相府里的锦衣玉食，但是这里有着夫妻二人最渴望的清净与安宁。乡间生活充满自由和欢乐，他们沉浸于共同的志趣中，相互支持，享受着精神上的充裕感，琴瑟和鸣。这段时光在他们的一生中是弥足珍贵的。在《〈金石录〉后序》中，李清照对此作了较为详尽的叙述："后屏居乡里十年，仰取俯拾，衣食有余。连守两郡，竭其俸入，以事铅椠。每获一书，即同共勘校，整集签题。得书、画、彝、鼎，亦摩玩舒卷，指摘疵病，夜尽一烛为率。故能纸札精致，字画完整，冠诸收书家。"

赌书空忆泼茶时

有这样一件趣事。由于卧室里，无论是案头或是茶几，就连枕席之上也被李清照摆满了各种书，赵明诚嫌她对书太沉浸，于是一次枕席间，他以闺中相谑的口吻对她说："你把这些书籍古器侍弄出灵性来，岂非欲其生《淮南子·时则训》之效？"

李清照当然再明白不过了，他是说书画、古器能如刘安所云大可"去声色，禁嗜欲"，于是不无调皮地答道："岂止什么歌舞女色不能与书籍字画相比，即使充满宫室的狗马奇物，亦宜视为殷鉴，不得沉迷其中！"

这是《史记·殷本纪》里的一句，恰巧应对赵明诚所用《淮南子》里的一句。赵明诚不禁为她的学识叹服，他虽不喜欢卧帐里堆满书卷，但妻子的俏皮天真也实在惹人爱怜。

李清照记忆里还有一桩近乎游戏的雅事就是"赌书泼茶"。李清照在《〈金石录〉后序》中回忆："……余性偶强记，每饭罢，坐归来堂，烹茶，指堆积书史，言某事在某书、某卷，第几

页、第几行，以中否，角胜负，为饮茶先后。中即举杯大笑，至
茶倾覆怀中，反不得饮而起，甘心老是乡矣！故虽处忧患困穷，
而志不屈。"

李清照天赋极高，记忆力惊人。所以她特别喜欢与丈夫猜典
饮茶。每次饭后，两人都到归来堂里一起烹茶，然后用比赛的方
式决定谁先喝茶。通常是一人问，一人答。某一典故出自哪本
书、哪一卷、哪一行，答的人如果能准确无误地说出，便可先喝
茶。但二人常常因为玩得太过开心，不小心将茶水泼洒在身上，
留下满身的清香。

"赌书泼茶"已成典故。千年之后，依旧能闻见缕缕茶香，
易安茶覆怀中的音容笑貌如在眼前。

这段雅事佳话为后世文人所神往。清代诗人陈文述《题〈漱
玉词〉》中就不无羡慕地吟咏道："桐荫闲话芝芙梦，第一消魂
是斗茶。"此尽显文人雅趣，也足见二人的淳朴心性。其实女人
期待的仅仅是一份平静如水的日子，愿得一心人，白首不分离。
只要两人情深，纵使生活在山野之处又有何妨。李清照与赵明诚
在青州的这十年时光足以羡煞世人。这十年，李清照不仅仅是一
个才女，更是一个娇俏的小妻子，一个会调情的小女人，在那个
男权胜天的时代，赵明诚和李清照一直平等对话。

清朝词人纳兰容若曾写下一首《浣溪沙·谁念西风独自凉》
纪念自己深爱的亡妻卢氏：

谁念西风独自凉？萧萧黄叶闭疏窗。沉思往事立残阳。

被酒莫惊春睡重，赌书消得泼茶香。当时只道是寻常。

其中的"被酒莫惊春睡重，赌书消得泼茶香"，显然是有感于李清照与赵明诚夫妇的伉俪情深。

很多年以后，李清照接连遭遇了国破流离、丧夫离异、孤苦漂泊等人世沧桑与悲苦，回忆起这段韶华时光，仍然是那么眷恋，那么一往情深："甘心老是乡矣！"幸福也许可以在诗词中定格，生命却抵不过时光的磨砺。李清照的爱情在那个压抑的时代呈现出少见的和美，可谓幸运。然而这份幸福亦被乱世的生离死别剪辑成破碎的镜头：温情、缠绵、缱绻、牵念、回味、期盼，爱、思、怨、伤、泪、愁……细琐的情绪散落其间，却又无力挣脱，所有的悲喜都是幸福的影子。

赌书空忆泼茶时，铁马秋风乱入诗。

青女不谙霜雪苦，忍将剩冷锁残枝。

　　　　　　　　——《红楼梦》中林黛玉的《十独吟》之一

　　《红楼梦》中黛玉生命的最后一段时间里所作的《十独吟》中关于李清照的一首，便用了这个典故，以赌书泼茶的美好情景衬托自己的凄凉。

词论论人

赵明诚与李清照二人经常在一起品诗作词。赵明诚对李清照的才华很是钦佩，他常常向妻子请教，问她"惊起一滩鸥鹭"这样没有刻意雕饰而又非常精巧的小句是怎样信手拈来的。他自己每每想要仿照，却总是觉得不够自然。

李清照笑着告诉他，儿时初学作词时父亲对她的教导："文不可以苟作，诚不著焉，则不能工。"意思是写作千万不可以勉强。李格非尤为推崇晋代文人的作品，比如陶渊明，他说："《归去来辞》，字字如肝肺出，遂高步晋人之上，其诚著也。"也就是说，文字里要饱含情感。父亲对文字的敬畏与对写作的严格，深深影响了李清照，也成就了她作品的精巧简洁。她的词作往往是随意而为、有感而发，天然去雕饰又极具感染力，能够让人共情。

李清照虽为柔婉女子，但骨子里却带着豪迈。她写过一篇《词论》，这也是她的高明之处，不仅是词人，还是词论家。她在《词论》中对各大词家都批驳了一番。

首先批的便是柳永，不过李清照采取的是迂回战术。她说柳永多写风尘浪子，"虽协音律，词语尘下"，显得有伤大雅。李清照乃一玉洁冰清的女子，当然容不下柳永笔下的那些露骨的侧词艳曲。

其次她说的是张先、宋祁兄弟，以及沈唐、元绛、晁端礼几人。李清照说他们虽然时有妙语，但是在营造意境上多破碎，不足为名家。李清照对他们的评论都一针见血。

即便是对词坛上久负盛名的前辈们，李清照的评论也是非常犀利的。她说："至晏元献、欧阳永叔、苏子瞻，学际天人，作为小歌词，直如酌蠡水于大海，然皆句读之不葺诗尔，又往往不协音律。"她这一句话把晏殊、欧阳修、苏轼全都得罪了，虽然苏轼是他父亲的老师，她也不留情面，说他的作品在音律上过于随意了，很多都是不合格的。

以上评论还是客气的，她甚至认为王安石和曾巩的作品一无是处，差到不可读："王介甫、曾子固，文章似西汉，若作小歌词，则人必绝倒，不可读也。"客观地讲，她这番言论有失公允了些，要知道王安石在文坛也不是浪得虚名的，像"春风又绿江南岸，明月何时照我还""遥知不是雪，为有暗香来"这样的佳句至今都是脍炙人口的；而曾巩的"一番桃李花开尽，惟有青青草色齐"也是家喻户晓的名句。

不论如何，《词论》写出了每个词人的特点与风格，而且李清照对大多数词人的评价还是很中肯的。比如"晏苦无铺叙。贺苦少重典。秦即专主情致而少故实。譬如贫家美女，虽极妍丽丰逸，而终乏富贵态。黄即尚故实而多疵病。譬如良玉有瑕，价自减半矣"。王国维在《人间词话》中的很多评论也在一定程度上印证了李清照的观点。遗憾的是，因为某些原因，李清照并没有提及当时词坛的重量级人物周邦彦，要知道他可是一个将格律讲究到极致的人。

八月桂花：情疏迹远只香留

揉破黄金万点轻，剪成碧玉叶层层。风度精神如彦辅，大鲜明。

梅蕊重重何俗甚，丁香千结苦粗生。熏透愁人千里梦，却无情。

——李清照《摊破浣溪沙·桂花》

一树八月桂花像那黄金揉破后化成的万点娇黄，那层层叠叠的翠叶如裁剪出来的千层碧玉。轻盈灵动，清新可喜，写出了三秋桂子令人销魂的金玉之质。

"风度精神如彦辅，大鲜明"，赞叹桂花的风度精神如同西晋时的彦辅，个性风貌鲜明、突出。彦辅是西晋末年人称"中朝名士"的乐广，官至尚书令。为人"神姿朗彻""性冲约，有远识，寡嗜欲，与物无竞"，时人誉为"此人之水镜也，见之莹然，若披云雾而青天也"。由此可见乐彦辅之淡泊、孤高。

"梅蕊重重何俗甚，丁香千结苦粗生。"在桂花面前，一个"何俗甚"，一个"苦粗生"，顿将梅花与丁香都比下去了。然而，这一树浓郁的桂香却在夜半时分惊了词人魂游千里的好梦，未免太无情。

在《漱玉词》里，李清照多次写到桂花，倾心赞美它"何须浅碧深红色，自是花中第一流"。

在李清照的词里，桂花也代表了一种高洁的精神气质。情思绵邈，冷峭绝伦。浅显中有深意，带出无限萧瑟惆怅，如同与世隔绝的百花深谷里孤绝独居的少女，流露出来的是一种自内而外的忧郁气质。虽是黯然的，却也是迷人的，甚至是销魂的。

　　暗淡轻黄体性柔。情疏迹远只香留。何须浅碧深红色，自是花中第一流。

　　梅定妒，菊应羞。画阑开处冠中秋。骚人可煞无情思，何事当年不见收。

　　　　　　　　　　　　——李清照《鹧鸪天·桂花》

桂有多种，花白者名银桂，花黄者名金桂，花红者名丹桂。常生于深山之中，冬夏常青，以同类为林，间无杂树。秋天开花者为多，其花香味浓郁。唐宋以后，桂花被广泛用于庭园栽培观赏。宋之问有诗云："桂子月中落，云香天外飘。"故后人亦称桂花为"天香"。

桂花色淡光暗，却秉性温雅柔和，情怀淡泊。即使远在深山，那浓郁的芳香也常飘人间。对她而言，何须要深红浅绿的艳丽色彩取悦于人呢？那份清雅的馨香，那份淡泊的性情，自应是傲睨群芳的第一流，而这正是李清照卓尔不群个性的自我写照。那些开在早春、风姿独绝的梅花也会为之嫉妒，那些凌风傲霜、深秋绽放的菊花也应为之羞愧。你看，在那画楼栏杆前盛开的桂花，自然是这中秋时节的花中之冠。可叹当年屈子作《离骚》等篇章时情思不足，笔下遍收名花芳草，却怎么独将这极具君子之德的桂花遗落？

由于无法理解在《离骚》里褒扬各色香草名花却单单遗漏了桂花的屈原，她因桂花而对他有了怨怼，越发显现出她给予桂花的爱是多么的磅礴盛大。

李白有诗："安知南山桂，绿叶垂芳根。"张九龄也有诗句："兰叶春葳蕤，桂华秋皎洁。"赞颂了春兰与秋桂逸尘高标、不同俗流、同芳同美的品质。桂迹远而情疏，不以貌炫世，不以色诱人，却内质馥郁芬芳，香飘人间，犹如一位隐居的君子，以其高尚的德行、情操令人钦敬，更像一位秉性清雅、高洁的幽谷佳人，自能倾国倾城。所以，这三秋桂子品贵格高，自应是傲睨群芳的第一流。

在这首《鹧鸪天·桂花》里，李清照于赏花情意里渗入了那不被知觉的隐逸之心，洁身自好、远遁乡里的情意并不是谁都能理解的。李清照也许本来就是一株生长在瑶池里的月桂树。俯瞰人间袅袅，观望尘世风月，个中况味尽融在枝叶的经络里，不动声色地随暗香流逝，她留给世界的，始终都是如这《鹧鸪天·桂花》里的一片风清月朗的笑。

李清照写这首词时，与赵明城双双隐于青州乡里十年之久。他们不求闻达，不慕虚荣，在"归来堂"里悉心研玩金石书画，在"易安室"中畅怀对饮、唱和嬉戏，相对读书吟诗，携手看云赏花，可谓逍遥自在，陶然忘机。此情此境，和桂花那种"暗淡轻黄""情疏迹远"但求馥香自芳的韵致何其相似！

群芳凋尽，凄苦愁浓

然而，好日子总是在不经意间就度过了，美满生活终有结束的那一日。

蔡京倒台后，赵明诚之母就向皇帝奏请恢复已故丈夫的官职，徽宗对赵挺之有眷顾之心，况且斯人身后并未查出什么罪行，故予以批准。赵明诚兄弟三人也在不久以后陆续恢复了官职。

小阁藏春，闲窗锁昼，画堂无限深幽。篆香烧尽，日影下帘钩。手种江梅更好，又何必、临水登楼。无人到，寂寥浑似，何逊在扬州。

从来，知韵胜，难堪雨藉，不耐风揉。更谁家横笛，吹动浓愁。莫恨香消雪减，须信道、扫迹情留。难言处，良宵淡月，疏影尚风流。

——李清照《满庭芳·残梅》

方寸之地藏锁了无穷春气，她慨叹自己气力单薄，对所遭逢的境遇无法扭转，但见这画堂幽深，春意无限延展、绵融。时间走得快，转眼便风光大异，却见那篆香渐消，日落西山光阴无多。昼光将熄之际，便是日影下帘钩之时。曾经她与他眉目交合，莺莺软语。无奈已是今非昔比，那院里梅花正好，她知道再无须效仿前人，临水登楼，饮酒赏望。只是，这一株梅曾是他执她手亲自种下。南朝诗人何逊，也曾如她此刻一般的孤寡、落寞。独自面对一树团圆花朵，内心却是无人问津的焦虑和惶恐。

大家向来只知梅格高韵盛，却总忽略它亦有惊惧风雨揉藉的绵软之质。这梅与她是有共性的，也是这样刚中有柔。她忽又闻听哪家横笛声声，缱绻幽然，绕梁几转。一花一曲一空事，莫如望淡雪减香消，唯记那"扫迹情""疏影尚风流"的景况良辰。如此，一切还有美好的余地。

宋徽宗重和元年（1118），赵明诚结束了他与李清照的十年青州隐居生活，离开了他们共同生活十年之久的"归来堂"，重返汴京，而李清照留居青州。

1119年，宋徽宗改元宣和。这一年，赵明诚与李清照最终完成了金石学巨著《金石录》的撰修工作。赵明诚重返汴京广事交游，此次回京效果显著，他自己屏居十年建构出的书史百家学问和识度得到了亲友、故人的高度认同。于是这一时期成为赵明诚联络亲友、旧故最为频繁的时期。

这些亲交、故旧对他的学问与才华赞赏有加，他的妹婿傅察曾这样形容他："妙龄擢秀如黄童，藉甚词林振古风。澜翻千载常在口，磊落万卷独蟠胸。不将龟筮论从逆，独向诗书有高识。琳宫乞得十年闲，可但新诗胜畴昔。"

一时间，赵明诚与他的《金石录》名扬汴京文化仕宦阶层。

终于，赵明诚重新得到举荐。在北宋末期士风日下的政坛，宋徽宗对隐遁青州十年、专心做学问的赵明诚生出额外好感，将十一年前的鸿胪寺少卿越级提拔为郡守。赵明诚的复仕是在宋徽宗宣和二年（1120）。宣和二年至宣和五年（1123），赵明诚任莱州太守。至于为何赵明诚赴任之时李清照尚独自居于青州"归来堂"，个中原因却不得而知。

时至宣和二年的岁末，素来孝悌的赵明诚回到青州与亲人团聚，探望年近八十的母亲郭氏。李清照与赵明诚因此得以再聚。这首《满庭芳·残梅》大约就是作于此时。

纵使赵明诚对李清照的爱深入骨血，但在旧时，那些丰神俊逸的男子总会于不经意间沾惹上别处的香屑。正风仪威茂的赵明诚身边也绝不可能没有别的年轻美貌的女子，正是这些女子在短时期内折损了他对李清照的那份爱。虽说赵明诚豢养歌姬甚至纳妾的行为在当时都是正常的事情，但这妨碍了李清照内心对爱情的严苛与清正。所以，此刻她对赵明诚有话要说。她说："手种江梅更好，又何必、临水登楼？"她还说，"无人到，寂寥浑似、何逊在扬州。"

从赵明诚赴任没有带上李清照随宦的那一刻开始，他俩之间便隐隐有了一些芥蒂。两性相处总是要经历各种考验，若是挨得过，那么爱就天长地久，若是挨不过，那么爱就这么散了。

从今又添一段新愁

/
/
/

香冷金猊，被翻红浪，起来慵自梳头。任宝奁尘满，日上帘
钩。生怕离怀别苦，多少事、欲说还休。新来瘦，非干病酒，不是
悲秋。

休休，这回去也，千万遍阳关，也则难留。念武陵人远，烟锁
秦楼。惟有楼前流水，应念我、终日凝眸。凝眸处，从今又添，一
段新愁。

——李清照《凤凰台上忆吹箫》

这是一首值得细细品味的词，它透露了李清照内心深处某些
不愿为外人道的伤痛。浪漫雅致的诗词背后，可能也有现实婚姻
生活的平凡与琐屑，也有内心深处的潮起潮落。

"香冷金猊，被翻红浪，起来慵自梳头。"一夜过去，狻猊
（狮子）形铜香炉里的香已经熄灭冷却了。一个"冷"字似乎预

示了李清照此时的心情与思绪。情之舛错，于他们之间显得尤为剧烈。这是他们的爱之旖旎，也是他们的爱之乱离。金猊铜炉里熏香早已冷透，如同她此刻的冰凉心意。锦被随意地在床上堆叠着，晨光映照，恍似卷起层层红浪。她起床来，慵闲地、慢慢地梳理着头发。任凭那华贵的梳妆匣积满尘灰，却也无心擦拭，任凭那日头爬上帘钩，她也只是懒懒地无语怅望。这一回，她决定带着一种消极的放任态度来面对别离。

这几句为全词定下了一种慵懒怅然、百无聊赖的情绪基调。柳永《定风波·自春来》也有类似描述："日上花梢，莺穿柳带，犹压香衾卧。暖酥消、腻云亸，终日厌厌倦梳裹。"写的也是这样一位处于相思痛苦中而慵懒不愿起床、不愿梳妆的女子。

她是多么怀念那段时光啊。她和丈夫在青州的十年日子多么美好，这对相亲相爱的伴侣经常一觉睡到日上三竿，很是优哉游哉。起床后也是相依相偎，深情款款，到处是甜蜜的味道。两人的爱情不仅没有被时间冲淡，反而日久弥笃。

他们的乡居生活无忧无虑，充满情调。夜幕降临，他们常常会点上一支蜡烛，拿出好酒和收藏的文玩古器，一边酌酒一边细细品味，畅谈古今，沉浸在岁月静好的恬淡中。两人携手在古卷中游历，一起探求桃花源的秘密，感受着"阡陌交通，鸡犬相闻"的怡然自乐。他们的灵魂在历史的积淀中碰撞并发出共鸣，难分彼此。

这样的生活对他们来说就是最理想的：男人不必为仕途操劳，女人不必承受相思之苦；彼此的生命被文化所沁润，又被爱情所滋养，越发丰盈与充实，发出光芒。然而这种如童话般的生活没能一直持续下去，美梦被一纸诏令打破了，赵明诚将再次入仕，离开青州。

"生怕离怀别苦，多少事、欲说还休。"这三句开始吐露心曲。她已经对离别之苦产生了畏惧。心中纵有千言万语，话到嘴边却又咽下。她心中有许多的委屈和苦恼想对人倾诉，却又无从启齿。到此，词意又多了一个转折，心中愁苦更深、更浓。

"新来瘦，非干病酒，不是悲秋。"她最近人又消瘦了，但这与病和酒都没有关系，也不是秋天天气所致。爱情里，她成了一个再寻常不过的柔婉女子。害怕人情迎拒，而离怀别苦最是虐心。不是因为一切外力的催化、干扰，只是她的内心被他于不经意间注射了一剂伤痛剂。她知道，她的深情始终抵不过他的转身。在古人印象中，"日日花前常病酒，不辞镜里朱颜瘦"（冯延巳《鹊踏枝·谁道闲情抛弃久》），可令人消瘦，"万里悲秋长作客，百年多病独登台"（杜甫《登高》）也会让人朱颜清减，而自己为何消瘦呢？成日里心事重重，愁意郁结，焉得不瘦？

"休休，这回去也，千万遍阳关，也则难留。"罢了罢了，这回你要走，即使唱千万遍《阳关三叠》，也终是难留。"念武

陵人远，烟锁秦楼"，李清照的"武陵人"说的正是她的丈夫
赵明诚。大约在1121年，赵明诚调莱州任知州，本可以携带家
眷，但李清照独居青州几年后，才前往相聚，本当满心欢喜，然
而她的词并非如此。如此说来，"武陵人远"就不单是地理距
离，还有心理上的距离。

"惟有楼前流水，应念我、终日凝眸。凝眸处，从今又添，
一段新愁。"那"武陵人"越去越远了，人影消失在迷蒙的雾霭
之中，李清照一个人在"秦楼"默默凝望。她心中有千般滋味无
人理解。唯有楼前流水，映出自己终日倚楼的身影。

惆怅与哀伤让李清照写下《凤凰台上忆吹箫》。点香、起
床、梳头、照镜、饮酒，单调的生活在她的笔下总能轻易间登峰
造极，小词极尽平淡却又极尽真淳。李清照织进这首词里的情意
非是佶屈聱牙的依傍和难舍，她只是借这个并不够好的情感现状
来描述并强调自己的爱情理想。事与愿违的际遇并不能摧损她，
摧损她的是赵明诚在这一时表现出了有始无终的趋向。这才是让
她不能接受的。

《凤凰台上忆吹箫》这个词牌最早的创作者是对李清照欣赏
有加的晁补之。他创作这个词牌的时候李清照还是个待字闺中的
少女，而如今，斯人已去，令李清照感慨颇深。这个词牌原本表
达的就是相思之情——凤凰与箫声，蕴含着一段段传说，有美好
亦有遗憾，如梦境一般，无不勾起对旧时的感怀。

　　这首词作于李清照独居青州期间。细读这首词，常常感到一种入骨的缠绵与忧伤。除了词的开篇就有失落，有离愁情绪，有意象的铺陈和渲染，词中更多的是一种幽幽咽咽的悲怨与缠绵。张祖望说："词虽小道，第一要辨雅俗。结构天成，而中有艳语、隽语、奇语、豪语、苦语、痴语、没要紧语，如巧匠运斤，毫无痕迹，方称妙手。古词中如：惟有楼前流水，应念我、终日凝眸。——痴语也。"《草堂诗余隽》中称此词："写其一腔临别心神，新瘦新愁，真如秦女楼头，声声有和鸣之奏。"此词称得上李清照前期的代表作。清人陈廷焯在《云韶集》里盛赞此词道："此种笔墨，不减耆卿（柳永）、叔原（晏几道），而清俊疏朗过之。'新来瘦'三语，婉转曲折，煞是妙绝。笔韵绝佳，余韵犹胜。"

征鸿过尽，万千心事难寄

萧条庭院，又斜风细雨，重门须闭。宠柳娇花寒食近，种种恼人天气。险韵诗成，扶头酒醒，别是闲滋味。征鸿过尽，万千心事难寄。

楼上几日春寒，帘垂四面，玉阑干慵倚。被冷香消新梦觉，不许愁人不起。清露晨流，新桐初引，多少游春意。日高烟敛，更看今日晴未?

——李清照《念奴娇·春情》

临近寒食节的暮春，一场漫长而阴沉的雨让庭院冷冷清清，空空落落，一连几日的斜风细雨使人感到格外寒冷，只好将所有的门窗都紧闭起来。外面的世界春意渐浓，那一树葱茏的绿柳惹人神思恍惚，心生宠意，那纷纷绽放的繁花远远看去娇媚可爱。春意如此美好，天公却不作美。阴雨绵绵，雾霭沉沉，颇是令人烦恼。娇花弱柳也受风雨摧残。外出游赏不成，只好深闭重门。

　　"险韵诗成，扶头酒醒，别是闲滋味。" "险韵诗"是以怪僻难押的字做韵脚写成的诗，意谓无聊中做起了高难度的诗。"扶头酒"是容易令人扶头而醉的烈性酒。闲极无聊，情意难寄，只好借赋诗、饮酒来消遣。庭院重重，深深幽幽，冷冷寂寂。斜风起，细雨过，层层院门紧闭。纵使柳绿花红艳媚跳脱，也难耐这风雨交加的恼人天气。此时此刻，她所能做的事情更是寥寥。险韵诗作了，扶头酒也喝了，诗成酒醒，心头仍是怅然若失，闲愁种种不是滋味。"征鸿过尽，万千心事难寄。"远行的鸿雁已经过尽，她对丈夫的思念之情再也无法寄托。

　　"楼上几日春寒，帘垂四面，玉阑干慵倚。"连日阴霾，春寒料峭，楼头深坐，慵倚玉阑，情怀甚是落寞。"被冷香消新梦觉，不许愁人不起"，锦被凉了，香燃尽了，梦也醒了，她不得不起来了。连日来的春寒染透了闺楼，她起身将帘幕垂下，想起自己许久未曾凭倚那雕花栏杆赏花望月了。

　　"清露晨流，新桐初引，多少游春意。"词境为之一变，顿时显得清新疏朗。晨起时开帘打量了一下庭院中的景色，只见花叶上的露珠晶莹剔透，梧桐树上新芽绽放，她仿佛茅塞顿开一般地于光明暗灭间抓住了一点光，明白了些什么。是的，那是春的气息、春的脉搏，多么美好的春之晨呵！这盎然的春意吸引了李清照，她内心喜悦不尽，顿生游春之意，想奔出门去踏青游春。

"日高烟敛，更看今日晴未？"日头已渐渐升起来了，晨霭渐渐敛去，天到底会不会放晴呢？

　　春日闺情，风格清新雅致，心绪随着天气和景色变化而起伏，一层一转，一转一深，融情入景，浑然天成。虽然处处言愁，描写一位独居少妇的娇嗔、慵懒，却于闲愁中透出几分妩媚，表现出她惹人怜爱的率真性情。

　　李清照的这首《念奴娇·春情》从"清露晨流"开始，意境陡然一折。从清苦的词调变得清空疏朗，低回蕴藉。清人毛先舒在《诗辨坻》里说到李清照这首《念奴娇·春情》时精准扼要。他总结道："李易安《春情》，'清露晨流，新桐初引'，用《世说》全句，浑妙。尝论词贵开拓，不欲沾滞，忽悲忽喜，乍近乍远，所为妙耳。如游乐词，须微著愁思，方不痴肥。李《春情》词本闺怨，结云'多少游春意''更看今日晴未'，忽而开拓，不但不为题束，并不为本意所苦。直如行云，舒卷自如，人不觉耳。"确实如此，末句更是大有"今朝有酒今朝醉，明日愁来明日愁"的气场，读来内心忽觉十分敞亮。毋庸置疑，李清照的内核是强大的，她总能于忧郁的时日里让自己的心升上天空。

凄凉哀怨的半夜凉初透

/
/

薄雾浓云愁永昼，瑞脑销金兽。佳节又重阳，玉枕纱厨，半夜凉初透。

东篱把酒黄昏后，有暗香盈袖。莫道不销魂，帘卷西风，人比黄花瘦。

——李清照《醉花阴》

透过落满黄花的素笺，字字凄美的墨痕如一行花殇在绵绵细雨的吹送下悄然滴落成李清照的模样，一切完美得无声无息。据元代文人伊世珍《琅嬛记》中记载："易安以重阳《醉花阴》词函致明诚。明诚叹赏，自愧弗逮，务欲胜之。一切谢客，忘食寝者三日夜，得五十阕。杂易安作，以示友人陆德夫。德夫玩之再三，曰：'只有三句绝佳。'明诚诘之，答曰：'莫道不销魂，帘卷西风，人比黄花瘦。'政（正）是易安作也。"用泪凝成的诗词和着清愁都深深地刻进了西风里，思念与渴望都付于午夜里那朵朵黄花堆积的落寞中。几许销魂，几许幽怨。

那年重阳，李清照作了著名的《醉花阴》，寄给在外做官的丈夫。秋闺的寂寞与惆怅跃然纸上，彻骨的爱恋，痴痴的思念，借秋风黄花表现得淋漓尽致。短短五十二个字包含了所有的离愁别绪。

词中婉转的意韵，还有那娟秀的墨迹使得赵明诚收到这首词后先为情所动，后更为词的艺术力所激，词的上阕"薄雾"和"浓云"，开篇就将离别的愁绪定格在寂静的月夜。"半夜凉初透"给思念增加了丝丝的冷意。下阕"东篱把酒黄昏后"，不仅向赵明诚言明了自己的思念，还道出了独守空房独饮浊酒的落寞。

他好像并不知道妻子的深情，否则他不会在收到这封信时吃惊哑然。重阳节他不缺亲情，赵府宅第的歌姬、侍妾其乐融融，让他忘记了遍插茱萸时未至的妻子，也许只有深夜来临，望着那轮明月，才会渐渐想起她的容颜。

赵明诚在叹赏不已的同时，又不愿甘拜下风，在男性掌控话语权的时代，怎肯让女子凌驾于自己之上？为了和妻子一决高下，于是闭门谢客，废寝忘食三日三夜，写出五十阕词。他把李清照的这首词也杂入其间，请友人陆德夫品评，他在意的不是朋友的赞扬，而是诗词背后的男女争锋。

陆德夫一句一句慢慢品读。把玩再三之后，陆德夫抬头，对赵明诚说："士别三日，当刮目相看，不想赵兄三日之中竟有如此大的长进，佩服！佩服！"赵明诚听后，心中的欢喜油然而生，于是他问："好在哪里？"陆德夫说："只三句绝佳。"赵明诚问是哪三句，陆德夫答："'莫道不销魂，帘卷西风，人比黄花瘦'三句真乃神笔，出语不凡！"赵明诚一心想要高过夫人，以捍卫他男子汉的尊严，但这份公正客观的品评令人无话可说，赵明诚遂自叹不如。

李清照毕生都在深深怀念那段二人岁月。她在《〈金石录〉后序》里追忆那段生活时所写过的赌书泼茶，是何等地幸福，何等地欢乐，怎一个"甜"字了得。可以肯定地说，这蜜一样的生活，滋养着她绰约的风姿和旺盛的艺术创造力。

这首词也是一幅悠远淡雅的画。薄雾轻烟里，东篱菊花间，似乎隐隐有一位瘦比黄花、满眸愁意的红颜女子的身影在晃动，她的裙幅在菊花间轻轻拂动，她的袖间萦绕着缕缕不绝的菊花香。

"薄雾浓云愁永昼"，那年的重阳节是一个阴霾天。青纱帐里，她玉枕独寝，难以入眠。半夜的秋凉透入帐中、枕上，更让她怀念夫妇团聚时的温馨与亲密。

日已暮，起身去东篱菊旁饮一杯酒来暖身暖心。贞静的菊香盈袖，她恍然间觉得一阵清凉，于是这个愁绪浓浓的女子"东篱把酒"，指尖轻轻拈起一枝菊花，饮酒赏菊直到黄昏时分，染得花香盈袖。晚来风急，瑟瑟西风掀起了帘子，看着那纤秀婀娜的菊花，她感到一阵扑面而来的寒意，更感到风中的自己是如此无助、如此瘦弱。试问这个中况味君心可知？怎奈它黯然感伤，销魂蚀骨。

历代无数文人把赏，皆叹其妙不可言，傅庚生《中国文学欣赏举隅》如是言："'风'字，音之最洪者也，'瘦'字，音之最细者也，'帘卷西风'，以最洪之音纵之出，收到一'瘦'字上，敛而为极细极小，戛然而止……吟诵咏歌此九字者，字字入目，字字出口，九个字耳，而其景无遗，其情脉脉，其明璨璨，其韵遏云……"

当年，《点绛唇》巧妙地表现出女儿家调皮娇羞的样子，展现于世人眼前的是一幅秀丽惹眼的画面。妙龄芳华的女子，穿着轻盈飘逸的衣裙，荡着花树下的秋千，露珠晶莹剔透，香汗涔涔微湿了裙裾，是谁不合时宜地出现，让少女和羞而走？急急地松散了一头秀发。借嗅青梅，回首斜目偷偷瞧。可是，风云起后百花衰，命运的手轻轻一推，李清照就走进了"莫道不销魂，帘卷西风，人比黄花瘦"的境地。和赵明诚两地相思之苦，啃噬着才女的心，西风卷落了珠帘，吹进寂寞香闺，黄花已然零落，可是孤独的身影比黄花更憔悴、忧伤。

寂寞深闺柔肠哀怨多

寂寞深闺，柔肠一寸愁千缕。惜春春去。几点催花雨。

倚遍阑干，只是无情绪。人何处。连天衰草，望断归来路。

——李清照《点绛唇·闺思》

春天即将过去，一场雨下过，花瓣落了一地，到处都散发着湿漉漉的感伤与无奈。独守闺房的女子看着这般落寞光景，怎能不被勾起心中的凄楚？她幽幽地望着窗外，目送春天渐渐远去。曾经的"归来堂"到处是他们夫妻二人携手相伴的身影：品茗酌酒，赏花望月，读书论诗，创作切磋，把玩藏品，其乐融融。如今空留她与寂寞为伴。

她为春的逝去感伤，更为美好生活的一去不复返感伤；她疼惜春天，更疼惜离开丈夫的自己。屋外的雨声不仅打落了花瓣，更搅扰了她心中的平静。"几点催花雨"，春花禁不住时间的催促，不舍地离开了枝头，零落成泥。无论怎样，春天终要过去，正如那段快乐的时光，是挽留不住的；而女人的容颜也如这春花，终有凋零的一天。

在这场暮春的雨中，有一个纤细女子的款款身影，她裙摆摇曳，快快地倚着阑干，默不作声，无法排遣心中的忧愁。几点细雨飘落在她的衣袖上，风将她千丝万缕的愁情吹乱。"连天衰草，望断归来路。"她望向远方，想要看尽那无边的青草，心中不切实际地期待着什么，然而没有结果。

这首伤春之词充满了闺怨，透露了面对离别的无力感，笔到之处，满目凄凉，将愁情宣泄得淋漓尽致。难怪后人对此作赞誉颇高，明《词菁》言其"泪尽个中"，清《云韶集》言其"情词并胜，神韵悠然"。

爱的路上千万里

/
/
/

泪湿罗衣脂粉满，四叠阳关，唱到千千遍。人道山长山又断，萧萧微雨闻孤馆。

惜别伤离方寸乱，忘了临行，酒盏深和浅。好把音书凭过雁，东莱不似蓬莱远。

——李清照《蝶恋花·晚止昌乐馆寄姊妹》

此篇题为"晚止昌乐馆寄姊妹"，人已行在路上，却无与丈夫欢喜团聚的憧憬，仍在回顾青州作别众女伴时的愁肠百结。泪湿罗衣，潇潇微雨，惜别伤离，方寸大乱，俱是伤感。那活泼明朗的"争渡"女孩，那娇俏明媚的"簪花"新娘，那"赌书泼茶"的幸福妻子，都不见了，李清照犹疑不定，对前路不抱期望，人生到此，呈现出一派苍凉。

姊妹们对她的爱是一种从未有过的纯洁无瑕的暖，因这一些割舍不断的情意，她泪湿罗衣。颤颤地站在关口，对着如花的姊妹们唱诉着离伤。千遍《阳关曲》成为催生伤感的符咒，越唱越悲，难能自抑。前方的荒草泛着幽幽的绿，在风中摇曳着，摇曳着，就像城门外小妹挥别的衣袖。

临别之际，姊妹们嘱咐她照顾好自己。此行路途遥遥，山长水远，险阻难料。而今，她已行至"山断"之处，独处孤馆，又逢绵绵夜雨，百般纠结在心头。

每个人都在兜兜转转的爱恨分离中过活，带着无法预计的眷恋、不舍与孤苦。孤馆潇雨堪凄情，杯盏尤物实难遣。此刻她端坐于驿馆，竟不能记起自己在饯别宴席上饮了多少离别酒。而那些悲伤，亦仿佛融进了酒盏，被一同吞咽掉，再无从计量。李清照与姊妹依依惜别，相约鸿雁传书，不要断了音讯。即使天各一方，只要情谊常在，距离就不再遥远。无论何时何地，只要想到千里之外的那份挂念，心中都是暖的。这样的情感不受时空阻隔，永远不会消失。

关于李清照的这首《蝶恋花·晚止昌乐馆寄姊妹》，学者黄墨谷先生曾在《重辑李清照集·李清照评论》里评说了一段话："《蝶恋花》（泪湿罗衣脂粉满）是一首开阖纵横的小令，王维的'劝君更尽一杯酒，西出阳关无故人'，到了她的笔下变成'四叠阳关，唱到千千遍'的激情，极夸张，却极亲切真挚。这一首词，通篇都是与姊妹惜别之情，对感情的抒发层层递进，非常饱满。但在结尾处却巧妙地收住了越发强烈的感情，'好把音书凭过雁，东莱不似蓬莱远'显得有些出人意料，却收放自如，体现了她的姿放、通脱。"

李清照的这首词相比寻常的离别词，细腻柔婉之余亦有恣放、健拔的骨感。柔软中有绳索串联，不散不漫，有牵有引。如同一次家常对谈，深情又朴素。

女人永远比男人懂得恩慈，懂得馈赠，懂得软语。这首《蝶恋花》便是李清照对姐妹们的软语。

从宋徽宗宣和元年（1119）赵明诚重返汴京广事交游到宣和二年（1120）他被召为莱州太守，这段时间里，李清照承受了沉重的无以复加的心力折损。到赵明诚出仕一年之后，也就是宣和三年（1121），李清照终于做出决定，只身赴莱州。

赵明诚并不知道李清照的这一举动，因此，当中秋夜忽见李清照出现在府邸之时，他的内心不会没有惊讶与震撼。

只是此时赵明诚身边有第二夫人以及其他美貌女子相伴。他不是李清照，他带着与生俱来的尘世浊气，他并不能立即清醒且甄辨出爱之真伪。

但是李清照知道，哪种爱是他一生的羁绊。所以她来了。她跋涉千里，来到这个并不属于她心之眷恋的府邸。

她是正确的。为了爱，她必须放下内心的虚荣和芥蒂来寻他。没有值不值得，只有愿不愿意。她是理智通透的女子，绝不

会故作骄矜，更不会以死相胁，那些都是百无一益的事情。她
亦不会故作清高就此告别，绝不会用爱情来换虚妄的声名。她
知道，若是彼此还有爱，那么她就应当从闺阁里走出，到他这
处来。

后来事实证明，李清照这么做是多么了不起。

夜来沉醉卸妆迟，梅萼插残枝。酒醒熏破春睡，梦远不成归。

人悄悄，月依依，翠帘垂。更挼残蕊，更捻余香，更得些时。

——李清照《诉衷情》

这一夜，她独饮至醉。销魂缠绵的记忆成为安抚，从脑子里
跳脱出来，一再重演。她醉意微醺，卸妆不及，只见头上插戴的
梅花花瓣掉落，空有蕊萼残留枝上。这一刻，她看过去宛如一朵
凋残的蔷薇花。酒劲尚未退去，她却被梅香从春睡里熏醒。于
此，她竟对这花香产生了怨。只因梦断了，不能归去重温陈年欢
爱。她起身侧倚阑干，出神凝望。

夜深深，是时明月在，帘幕垂在她的视线里。这一回，她注
定又要彻夜无眠。他在彼处茫茫的喧嚣里纸醉金迷，她于这依依
月下悄悄作"婕好之叹"。夜漫长，情邈远。挼残蕊，捻余香，
得些时。除此之外，她唯有沉默。

这首《诉衷情》大约作于李清照只身去莱州寻赵明诚落定之后。学者刘逸生在《宋词小札》里这样说："你看，事情有多么琐屑，而写来却多么细腻，表达的人物感情又何其曲折幽深，耐人寻味。……假如赵明诚读了它，绝对会为妻子的柔情感动。"

那一年，也就是宋徽宗宣和三年（1121），赵明诚尚任莱州太守，有新妇佐伴。李清照以纯白的姿态穿越茫茫的苍黄，来到他身边。

他被她的突然出现惊到六神无主，草草将她安置在官署后的书房里。书房是简陋的。寒窗败几、空无所有，甚至无书可读。她对他的失望从这一刻才开始变得深重。她侧耳闻见郡宴堂里的饮酒作乐声，喧哗声，这是现今他赐予她的凄怆残年。如此境况，让她成了长信宫中的班婕妤。是的，她被他打入了冷宫。她觉得失去那个"赌书泼茶"的爱人了，于是，内心的失望、委屈、追索杂糅在一起，在她的身体里横冲直撞。后来，她决定作诗遣愁，写了《感怀》。

寒窗败几无书史，公路可怜合至此。
青州从事孔方兄，终日纷纷喜生事。
作诗谢绝聊闭门，燕寝凝香有佳思。
静中吾乃得至交，乌有先生子虚子。

——李清照《感怀》

　　李清照到得莱州又能怎样？她的这首《感怀》，诗前小序说："宣和辛丑八月十日到莱，独坐一室，平生所见，皆不在目前（因作此诗——可知是初到莱州所作）。几上有《礼韵》，因信手开之，约以所开为韵作诗，偶得'子'字，因以为韵，作感怀诗。"

　　独居陋室，她唯有作诗寄情。她说：你已不是那个韬光养晦的你，而我亦有"乌有"和"子虚"相伴。至于你与我之间的情和爱，似乎真的要被葬送。

　　知州的第一夫人来到府邸，却只落得独处一室。室内的寒窗败几，无有书史，前厅的官员宴饮，歌舞佐酒，丈夫已不再是当初那个秉烛品评书画、金石的文化人，他日渐沉陷于公务俗事、美酒歌女之中。这里又用了一个隐晦的典故，"燕寝凝香"，语出韦应物诗："卫兵森画戟，燕寝凝清香。"燕寝，本指帝王正寝之外的寝宫。她体谅丈夫公务繁忙，于是闭门谢客，在这里作诗排遣；他那里却是别有"燕寝"，另有红袖添香，以助豪兴。万般无奈，她只好在静寂、孤独中与"乌有先生"和"子虚子"结为至交，这是司马相如《子虚赋》中的两个人名，意谓根本没有这样的人。

　　到了宋徽宗宣和四年（1122）初，李清照和赵明诚的关系终于得到改善，重归于旧日的温情脉脉。而这一切，都是李清照用诚坦之心一点一点暖过来的。她作《感怀》，作《诉衷情》，都只是为了唤回他。这一切，在这一年终于得到了回报。赵明诚开始在公务之暇重新搜集金石、文物。正是在这段时期，他搜集到了诸如《后魏郑羲上下碑》《北齐天柱山铭》等珍贵的金石碑刻。莱州太守的官署书房也被赵明诚重新布置，取名"静治堂"。于是在莱州期间，李清照继续帮助赵明诚辑集整理《金石录》，且"装卷初就，芸签缥带，束十卷为一帙。每日晚更散，辄校勘二卷，跋题一卷"（《〈金石录〉后序》）。

莱州三年任期结束，调任淄川太守后，赵明诚在《白居易〈楞严经〉跋》中记，他在淄川乡间遇到一位奇人，这人家中珍藏有白居易手书的《楞严经》。白居易墨宝流传不多，亲笔手抄的《楞严经》更是罕见，堪为稀世珍品。赵明诚以太守之尊恳求这位奇人借给他两三天，得到同意后，他"因上马疾驱归，与细君共赏，时已二鼓下矣！酒渴甚，烹小龙团，相对展玩，狂喜不支。两见烛跋，犹不欲寐"。

她依旧是他深为欣赏和肯定的人，是他心目中的第一人，是可以分享人生至乐的同路人，两人酌酒烹茶，相对展玩，爱意融融的情景宛如当初。爱是等待，是恒久忍耐，是无论多久归来她都在，而他翻越千山万水之后也必归来。至此，他们两人的爱情经历再三颠簸、折复、受难，终于由娑婆入定。她已为他点上了一颗鲜红的忆痣，像去不掉的刺青，以此宣告他这一生都是她的，任谁也抢不走。

第五章

国破南渡易水叹

北宋大厦倾

赵明诚守莱州任满后，又被任命守淄州。当时的淄州是历朝来的古邑，这是一座遍地都是文物的古城。农家户里，市井民间，时有珍贵的文物问世。他们不断地收集，不断地研究整理。

这时正值北宋末年，皇帝无能，政局动荡，民不聊生。不堪重负的人们纷纷揭竿而起，而觊觎中原已久的金兵也借机围攻汴京。面对内忧外患，宋钦宗想要振作士气，拯救岌岌可危的江山，于是身穿铠甲亲自登上城楼慰问兵士。但是一切为时已晚，无法改写宋朝的命运。在赵明诚主事的淄州，更是人心惶惶，随时有可能失守。与国家的安危比起来，他们夫妇可能更担心青州家中的众多藏品。

宋钦宗靖康二年、高宗建炎元年（1127），李清照四十四岁。此时赵明诚与李清照结婚二十六年了，二十六年来，政局一直处在急剧的变化和动荡之中。

这时的北宋王朝已经度过了一百六十七年"清明上河图"式

的和平繁荣。在金军大举南下之时，北宋王朝依然沉醉于太平盛世这坛美酒，文恬武嬉，政治腐败，军备松弛，早就是死而不僵的百足之虫了。甫一交战，宋军即全线溃败，金军则攻城掠地，直逼宋都汴京。徽宗赵佶匆忙禅位，钦宗赵桓仓促登基，改元靖康。赵宋王朝宗室于1127年匆匆南逃，翻开了中国历史上极屈辱的一页。

1127年一月，金军攻陷汴京。四月，徽宗、钦宗二帝以及后宫嫔妃等共计两千多人被掳往金邦。至此，北宋灭亡，史称"靖康之变"。同年五月，康王赵构即位于南京应天府（今河南商丘），改元建炎，是为高宗，南宋开始。赵构成了南宋的第一个皇帝。

这是个动荡的时代，一连串打击如疾风骤雨，一下子把大宋臣民给打蒙了。长期以来，朝廷注重内患甚于外忧，朝臣重视享乐甚于国事，缺乏忧患意识成为普遍的社会心理，他们从未想过大宋朝会一朝倾覆，皇帝也会成为战争的难民。李清照与赵明诚多年屏居山东青州，赵明诚再度出仕后也始终在山东一带任职，与边事、局势更是有隔膜。覆巢之下岂有完卵？北方领土沦陷，赵宋王室南渡，臣民也随之仓皇南逃。赵明诚斯时淄州任期已满，但暂无调职任命，便勉力担负起守土之责。据记载，他这一年因镇压前线流窜下来的散兵游勇而得到朝廷嘉奖，官职也有所升迁，成为后来出任建康知府的资本。

颠沛流离，霜风凄紧

北宋灭亡不久，金兵就攻破了山东。

1128年九月，朝廷因急需用人，赵明诚被起用为江宁知府，兼江东经制副使。

深秋的青州已经人烟稀少，逃难的队伍成群结队，一路哀号的生灵，一路满目的疮痍。

青州城外，草木早已枯黄。清晨，放眼望去，枯黄的平原上铺满了冰冷的白霜。李清照把瑟瑟发抖的双手伸进袖子里，失望地回到宅院。又是一夜的等候，赵明诚还是没有回来。

在他走前，夫妇二人精挑细选的文物、书画足足装了十五车。在青州的宅子里，还有十余屋子的书册什物，如何在这战乱的年月把这些生命的珍藏一件不失地运到江南安全的地方，多日来她伤透了脑筋。

在这光景里，她已经不敢翻书。当整个北宋已经如同昏沉的灯光落入无尽的夜，谁还有心情回忆那群星璀璨的时刻？

命运如同一本大书，也许今天这页还是晴空万里，懵懂年少，明天那页则是连绵烽火；今天还是轻快抒情的散文，明天那页却变成了疾风骤雨、悬念迭起的小说。

李清照把赵明诚收集的大部分文物藏在青州故第，锁了十几间屋，南逃至建康（今江苏南京），希望第二年回来用船运走。

眼看金兵即将杀到青州，就在这紧急关头，不料青州内部又发生了兵变。郡守曾孝序被杀了，战火陡然间从城内燃起。

接着，金兵攻陷了青州。李清照在《〈金石录〉后序》中曾这样记载此事："青州故第，尚锁书册用屋十余间，期明年再具舟载之。十二月，金人陷青州。"此处文字当因在传抄中或夺或衍而臻误。史实应为"青州兵变"。

危机当头，李清照非常果决，她将装有藏品的十五辆马车，分别交给几个家仆。然后她一马当先，率领大家冲出青州城。而赵明诚最珍惜的那卷《赵氏神妙帖》被她贴身藏了起来。

出逃的过程并不顺利，但总算是有惊无险。青州城当时四处起火，难民四处逃生，都向城门拥去。李清照将装满文物的马车用稻草掩好，夹在人流中成功出了城。她临危不乱，遇到大事时的定力和勇气让许多男儿汗颜。也只有这样一位巾帼不让须眉的帅气女子才能说出"至今思项羽，不肯过江东"那般慷慨的诗句了吧。

李清照披散着头发，带着仆人和十五车书册文物左冲右突向建康奔去。在她身后，是不得不放弃的生活了近四十年的栖息之地。就在她离开之后，青州那十余间屋子的文物被战火洗劫一空，济南的老宅和老宅里的秋千也随着金兵的侵占彻底灰飞烟灭。

在逃难的路上她不停回头，仿佛看到自己少女时秋千上的时光，随着逃难，黯淡地泣下泪来。"江梅已过柳生绵。黄昏疏雨湿秋千。"这真的是自己写过的诗句吗，为什么有些生疏了呢？

漫漫路途上自然也少不了磨难。当李清照押运十五车书籍器物行至镇江时，正遇反贼张遇攻陷镇江府。兵荒马乱之中，李清照一行又遭遇成群的盗贼，好在她的大智大勇最终保住了这批文物，自己也得以大难不死。

直到第二年（建炎二年，1128）的四五月份，她总算将文物押抵至江宁府。

作为江宁最高长官的赵明诚前来迎接。四目相接，吃尽苦头的李清照眼泪如断了线的珠子，无法停歇。而赵明诚看到满车的文物，对她敬重万分，感激万分，也怜爱万分。

可怜人似春将老

/
/

永夜恹恹欢意少，空梦长安，认取长安道。为报今年春色好，
花光月影宜相照。

随意杯盘虽草草，酒美梅酸，恰称人怀抱。醉里插花花莫笑，
可怜春似人将老。

——李清照《蝶恋花·上巳召亲族》

国难当头，长夜漫漫，她欢意寥寥。此时，她和丈夫都已南
渡，居于金陵城里。曾经的北方已成为图腾，标识着鲜红的记忆
和湮灭的历史。如今，只有国破山河在的真实，她是有大胸怀的
女子，她的思想中从来都不只有儿女情长，所以这一年这一日，
她回首望"长安"，悲楚难当。

前夜，她做了梦，梦里还是那大气繁华的汴京城，他依然携
她的手走街穿巷，在热闹的人群里给予她温情。那些宽敞的道

路，逼仄的小巷，以及那繁华的宫阙、城池的庄严的轮廓，被她辨识得清清楚楚，如若初见。

这年的春色有种温吞美，就如早年北方的红绿新意里透露出的风致。俯首见花光，仰目对月影。在她心头，它们本应是欣欣映照，来给这春增致增韵的。只可惜今非昔比，此春非彼春。到底是都不一样了，国不是国，家亦不是家，哪还能有怡暖的春。

至上巳节，无热闹，无曲水流觞，无喧嚣，无杯盘狼藉，只有简单朴素的酒食填肚。但这没有什么不对，国殇之年，岂能言笑晏晏、觥筹交错把酒欢畅？所以她说，若是有幸得醉，切勿插花惹得心中怀念不绝。人是应当有羞耻心和大爱之心的。有时富丽，有时清寒。有时繁嚣，有时静默。春将去，人会老。

李清照的这一首《蝶恋花》看似率直，其实婉转深沉。李清照南渡之后的寓恨词作对辛弃疾、姜夔等人的影响是非常大的。这首《蝶恋花》在《花草粹编》里题作《上巳召亲族》，大约是在宋高宗建炎元年（1127）三月三日上巳节，赵明诚担任江宁知府时，在江宁宴会亲族时所作。

"上巳"本指每月的第一个巳日，后来渐定为农历的三月初三。因此，"上巳节"俗称"三月三"。据记载，"上巳"一词最早大约出现于汉初的文献中，到春秋时流行，它是古代举行

"祓除畔浴"活动中最为重要的节日。那一日，人们要去水边祭祀，并用香熏的草药来沐浴，以去灾祈福。

在神话里，相传因女娲掌管分阴阳、定姻缘，又因是女娲制定的这个节日，于是上巳节这一日在漫长的时光里也渐渐变成男女在祓除之时表达爱慕的好时节。杜甫的《丽人行》里写到的"三月三日天气新，长安水边多丽人"就隐含这个意思，所以上巳节也被称作"女儿节"。

李清照这一首《蝶恋花》的末句所提及的"插花"原是北宋洛阳人的一种习惯。北宋灭亡，词人南渡之后，每每插花便会惹起一阵乡思，那带着故土流离的伤痛，对李清照来说，是一种带着讽刺意味的戳伤。于是，她说"醉莫插花"。这样一个敏感通透的女子，她必须保持强盛的生命力来面对当下的真实，于国家、于自己，她依然有奋斗之心。

一个女子心里的家国，大约就是这种模样了。李清照是个极致的女子，连她的感情也是如此坦率澄澈。对赵明诚的儿女情意，对北方旧河山的恋眷，两样情肠，一样深重。

花光月影空梦断

寒日萧萧上琐窗，梧桐应恨夜来霜。酒阑更喜团茶苦，梦断偏宜瑞脑香。

秋已尽，日犹长，仲宣怀远更凄凉。不如随分尊前醉，莫负东篱菊蕊黄。

——李清照《鹧鸪天》

在赵明诚出任建康知府期间，李清照过的是一段相对安定的生活。然而山河破碎，故土远离，亡国丧家之人灵魂深处那种不安，真的是"感时花溅泪，恨别鸟惊心"，戚戚然，惶惶然。人分明还是当初那个人，心情却已不是当初的心情，金石收藏、赌书泼茶、吟风弄月、赏花斗草，都难以排遣心底的苦闷。

秋天的风穿过树林，如同丢了孩子的母亲，哀号着在江宁城里四处游荡，凄凄惶惶，冷冷落落。不几日，深秋已至，天渐转寒。这一日，李清照身边空无一人，忽觉心凉寒意起，隐隐带着一种流离失所的悲怆。大户人家不如当初，小户人家也难将息。纵使已经日上琐窗，她依然觉得这天地之间无丝毫温存的暖，只觉秋意凉凉，叶落萧索。

于愁苦时醉饮几盏已成了习惯。借酒不为消愁，只求好梦一枕，安神一刻。国已不是国，家也不成家。她的夫君因公务忙碌，奔波在外，不能与之秉烛对饮。醒来泡团茶解酒，苦涩之处觉出隐隐清香。纵那瑞脑香宜，也始终不能使人心神怡定。梦落于此，她再一次想起亦真亦幻的旧事。

秋已尽，日犹长，仲宣怀远更凄凉。想那被誉为"建安七子"之一的仲宣，当年为避董卓之乱到荆州依附刘表，却因其貌不扬不得重用，恰是如此的心境了。她晚年流离，内心的凄惶有过之无不及。山河依旧，家国却已不似当初。流落至异井他乡，心头对北方的眷恋是难以言表的。

罢了，罢了，不如忘了那些颠沛流离的感伤，三杯两盏淡酒，喝他个一醉方休。赏一赏那花中锦葩，享一享这清净良辰。她的故作潇洒里满是隐忍的忧伤，可叹！

南来尚怯吴江冷，北狩应悲易水寒

/
/
/

正值高宗建炎二年（1128），赵明诚膺任江宁府军政最高长官，朝廷南迁后异常忙碌。以宋高宗赵构为首的妥协投降派借口时世危艰，拒绝主战派北进中原，一味言和苟安。

他同众臣忙议苟和之事，只有少数直臣反对，外加有很多职位空缺，可忙坏了一帮势利小人，争勇斗狠的争夺战搞得朝廷上下不宁。什么国家社稷，什么收复失地，都不如那一顶乌纱帽重要。李清照对此十分不满，屡次写诗讽刺。此事见之于宋人庄绰的《鸡肋编》卷中的一段记载："时赵明诚妻李氏清照，亦作诗以诋士大夫'南渡衣冠少王导，北来消息欠刘琨'。又云：'南来尚怯吴江冷，北狩应悲易水寒。'后世皆当为口实矣！"

李清照是刚烈女子，但她也是智慧的，而智慧的女子内心的爱总是博大深刻的，对一草一木，乃至家国大事都是一样的关注，愿意为之倾付心力。在国难当头、奸人当道的时期，李清照心中的情感便无法只倾注在儿女私情上，她搁置了对风花雪月的

兴致。她的眼里有太多的生与死，她是那样地关注那些流落受难
的人们。

　　加之建炎年间外无良将、内有庸臣，她对南宋朝失望，对整
个时代失望。

　　朝堂上的政治争夺战打得火热，朝堂外的草木却都铺上了一
层薄薄的冷霜。月寒如水，万户萧索，她闭上眼，脑海中浮现出
一个虚幻的自己和一座真实冷清的城。那座城是她生长的地方，
有济南城纯澈的泉水，有汴京城大块大块的火烧云，有青州城水
墨画一般错落有致的建筑，有莱州城虚无缥缈的蓬莱传说……
每一处都留下过她的诗句和足迹，每一处都散落着她的朋友和
风景。

　　宅邸里，仍旧有大批辛辛苦苦南运而来的文物，从其中随便
挑出一件都有说不尽的来历。一件文物的历史就是无数个体生命
的延续，它们的足迹也许遍布北方所有的大城，如今，那些城都
没了，那些城丢失了，那些自己走过的、诗词里读过的城丢了，
那是如何的感受？

　　每一个方块字都联结一片风景，一些城市，一些时代。在李
清照四十多岁时，她的文字世界已经构建了数座雄伟壮阔的城
池。可是，一场场战争，一次次流离失所的逃亡，使城墙少了很
多块墙砖，庭院再也没有绿树，楼阁缺失了窗画。

　　愁苦在心中，于是她在庭院中斟上一杯淡酒，慢慢清饮，看

菊花枯残，任红叶飘落。喝罢酒，再泡上自己最喜欢的小龙团茶，苦涩的茶味在嘴里漫开，想起了往日的时光。

靖康之难，宋徽宗、宋钦宗就这样被掳走，金人把大宋的太上皇、皇帝关进囚车，一路驱使。当囚车队伍路过黄河，他们看到天地枯黄、萧飒苍凉，会不会潸然落泪？

可是，他们是高宗的父亲、哥哥，为了皇位，难道真的可以置亲情于不顾吗？朝廷上很多人已经看透了高宗的心思，可李清照还是如鲠在喉，不吐不快。于是她写下了："南渡衣冠少王导，北来消息欠刘琨。""南来尚怯吴江冷，北狩应悲易水寒。"

一天，李清照登上新亭时想起"新亭对泣"的故事，想起了王导。新亭是晋室南渡后，王公大臣常常登览聚会的地方。南朝时宋人刘义庆在《世说新语·言语》中记载："过江诸人，每至美日，辄相邀新亭，借卉饮宴。周侯中坐而叹曰：'风景不殊，正自有山河之异。'皆相视流泪。唯王丞相愀然变色曰：'当共勠力王室，克复神州，何至作楚囚相对！'"王导就是这段记述里以光复神州为念的王丞相。历史上曾有过相似的一幕，匈奴灭西晋，晋室南渡，王导与士大夫拥立元帝，在建康立东晋。渡江南来的士大夫们，每至风和日丽的日子便相邀到新亭赏花饮酒。一日，座中有人感叹道："风景不殊，正自有山河之异。"正是物是人非，风景依旧而山河破碎，众人闻听皆相视流泪，唯有王导拍案而起，肃然曰："我们大家应当共同戮力王室，克复神州，何至于作楚囚相对！？"刘琨与王导同时，晋室南渡后留在北方，意欲为晋室收复失地，《世说新语》中也有记载。李清照拿这两人入诗，显然是借古讽今，感叹本朝缺乏有志之士，不能慨然做北伐之举。

斯时，高宗任用投降派黄潜善、汪伯彦为宰辅，主战派李纲被罢免，在北方坚持抗金的宗泽也因黄潜善的暗中阻挠忧愤而死。朝廷中还有了迁都之议，要将都城由汴京迁往建康，有耿介之臣上奏说："舍汴都而都金陵，是一举而掷中州之地以资于敌矣！"有坚持不肯附议迁都的，便遭到外放。高宗的心思日渐明显，偏安一隅的格局日渐成形，眼看着复国遥遥无期，故土难回，怎不愁煞人？

李清照本无意参与政治，但她多么希望现今懦弱苟安的朝廷中能出现一个王导那样力挽狂澜的人物，能有更多像刘琨那样闻鸡起舞收复失地的人。冰冷的吴江并不能让他们忘却对北风的依恋，每每想到北方寒风中的易水就会阵阵心寒。

本来这些诗句只保存在书房，但赵明诚把自己的诗文好友引来，诗句不胫而走，像一朵秘密之花悄悄在人心里开放。

终于，这些句子也被奸佞小人获得，很快就有传言说李清照以讥讽的诗句诋毁士大夫，暗指朝中眼下没有像东晋王导、刘琨那样力复神州的将相，致使被俘虏的皇上和太上皇被围困在天寒地冻的北方……流言越传越凶猛，很多权臣窃窃私语，认为诗文直接涉及高宗的保守苟和政策。

听到这些流言，赵明诚开始恐慌了。李清照的诗句是很有可能引起龙颜大怒的，他开始劝清照销毁诗作，缄口不言。李清照听着丈夫有些恐慌的陈述，只是微微一笑，目光转向了窗外枯萎的花朵和悠闲的秋云，就是那一瞥，似惊鸿一样优雅、洁净。

深秋的庭院里，她举起酒杯一人独饮，她很想像陶渊明一样，过着"采菊东篱下，悠然见南山"的淡然生活。难道陶渊明真的就能超脱吗？李清照的眼神里充满了忧郁，因为通往远方的古道那样漫长，路旁的艾草都已枯黄。

他们，都丢失了故乡。

一切辗转流离都因靖康之变而起。靖康之变带来的耻辱不只是时代的，也是每一个人的灵魂里抹不去的腐朽的刺青。李清照的敏思注定要为她带来比常人更多的痛苦，这是她命里躲不掉的劫。

在抵达江宁之前，她所历经的磨难不是三言两语可以尽述的，就好像她独自走过一座独木桥，脚下是万丈深渊，内心的惊惧、绝望以及置之死地而后生的悲壮只有她自己知道。

也正是经历、见证了再三的流离舛错，她内心积郁的情感在现世严酷凄绝的逼迫下沸腾起来。当南宋朝建立，短暂的安定生活对她来说如同暌违经年的爱人温热久违的拥吻，记忆里那一帧帧朴素温情的画面一再跳脱出她的意识，于是，她忍不住开始怀念旧国、旧家、旧时光。

第六章

慷慨悲歌：生当作人杰

试灯无意思，踏雪没心情

庭院深深深几许？云窗雾阁常扃。柳梢梅萼渐分明。春归秣陵树，人老建康城。

感月吟风多少事，如今老去无成。谁怜憔悴更凋零。试灯无意思，踏雪没心情。

——李清照《临江仙》

柳生新绿，梅萼绽裂，这些细节告知她春光已临。初春的南京有着比汴京更为深沉的帝王气息，南迁已经一年，春光将近，元宵将至，可李清照的内心却充满了淡淡的闲愁。

袅袅的雾水从池塘里升腾，笼罩着刚刚发芽的柳梢。这庭院依然雍容华贵，精致的阁楼被云雾环绕，而她闭门幽居其中，只觉庭院深深，却并无节日的欢喜，只是木然地看着丫鬟们兴高采烈地为即将到来的元宵节布置庭院，早已嗅不到丝毫山河破碎的亡国气息。

秋千一荡就把她抛到了几十年后，数十年的时光如同菊花的低语在她耳畔散落，曾经的自己在安然淡雅的庭院里写过多少吟风弄月的诗词。可如今这些都显得太薄、太轻。巨大的空虚感仿佛在她心灵深处开了一个洞，喷出一股股旋风吹乱了本来雅致、有序的心思。

丫鬟们叽叽喳喳地讨论着试灯日那天去哪里看灯最热闹。在北宋的风俗当中，元宵之夜张灯结彩，颇为华丽。在正月十五的前一天，也会张灯预赏，叫"试灯"。看到丫鬟们如此有兴致，她想起了多年前母亲带自己在试灯之夜游梭于济南城时的欢乐。四十多年过去了，花开花落，云卷云舒，年少的自己会因为花朵凋谢而惋惜，如今看来，花朵每年都会开，而自己的青春却早已在某个早晨悄悄溜走了。

元宵这一日，她之所以"试灯无意思，踏雪没心情"，是因为节日的喧嚣聒噪与她内心忧国的寂寥形成了强烈的对比，让她越发觉得愁苦。

"感月吟风多少事，如今老去无成。谁怜憔悴更凋零。"曾经那个小女孩穿梭在夜晚的花灯间，嬉笑着，好奇地东张西望……蓦然回首才发现身边再无家人熟悉的身影，而她孑然一身，头上已生出了华发。这般光景令人不禁唏嘘掩面，哪还有心情赏灯、观月、踏雪呢？

　　元宵节标志着春天的正式到来，在北宋是个万民同乐的日子。但是作为一个失去故乡在外漂泊的人，李清照的眼中和心中只有国家的命运安危，即便是美景也变得索然无味。那一片片、一团团灯火没有照亮漆黑的夜，反而遮住了前路，让人茫然而无望。她于沉默中看见自己内心的一树蔷薇正在枯萎，就如同那段带着耻辱的历史。这样想着，她变得更加悲伤起来。

　　这首词作于宋高宗建炎三年（1129）初，是李清照晚期代表作之一。南渡以后，李清照的词风变得更苍凉更沉郁。国破家亡，奸人当道，李清照只是一介弱女子，她既不能横刀沙场，也不能面圣谏言。心中愁苦，唯能诉诸笔端。

故乡何处是，忘了除非醉

风柔日薄春犹早。夹衫乍著心情好。睡起觉微寒。梅花鬓上残。

故乡何处是。忘了除非醉。沉水卧时烧。香消酒未消。

——李清照《菩萨蛮》

在南方，正值早春，草长莺飞，风柔软可人，吹在身上会有一种被抚摸的轻雅知觉。日光也是和煦的，换上春装看万物复苏，满目春色，心情大好。于是在这一度春光里，她为这阳春三月着夹衫的日常琐碎心生欢喜。

无奈一觉醒来略感微寒，抬头又见梅花残于鬓发之上。本来一心愉悦，到底还是被摧损零落，加之醉卧时所烧的沉香早已炉灭香消，她依然宿醉未解。值此小楼又东风之时，更觉风景不殊而有山河之异，故乡虽在而河山易主，欲归不能。她是有心的，亦是无奈的。她是悲伤的，亦是自知的。她是安定的，亦是窘困的。她之于这座江宁城，自始至终都只是一个局外人。

李清照起身远望，却发现春光虽然都是相似的，但一景一物的略微变化都会在内心产生陌生感。她喜欢春光，可是她更喜欢那日夜思念留驻着成长过程、岁月磨砺痕迹的土地。于是几杯淡酒之后，李清照也忽然发出"故乡何处是"的疑问，外人永远不知道，李清照在溪亭有过多少快乐的往事，在济南的摇荡秋千上看过多少次外墙，有过怎样的美丽和哀伤。这一切都难以抹去，只会随着时间流逝变得越来越清晰。"故乡何处是？忘了除非醉。"这年春天她又喝醉了。她的醉态很妩媚，也很优雅。太阳落入了地平线，漫长的黑夜来临，她还没完全清醒。

李清照的故国之思、忧国之心在她南渡之后的词作里成为一条重要的线索，穿引了她的后半生，且是带着隐痛的，存在于众多的词作里，包括这一首《菩萨蛮》。

清人况周颐于《〈漱玉词〉笺》里注："俞仲茅云，赵忠简《满江红》'欲待忘忧除是酒'，与易安'忘了除非醉'意同。下句'奈酒行有尽愁无极'。微嫌说尽，岂如'沉水卧时烧，香消酒未消'，亦宕开，亦束住，何等蕴藉。易安自是专家，忠简不以词重云尔。"虽不以词重，却能词出华彩。

归鸿声断残云碧

归鸿声断残云碧。背窗雪落炉烟直。烛底凤钗明。钗头人胜轻。

角声催晓漏。曙色回牛斗。春意看花难。西风留旧寒。

——李清照《菩萨蛮》

北归的大雁早已在空中失去了踪影，天空只剩下残云片片。雪花安静地飘落，和着炊烟一升一落，相互映衬，冬末的江宁城呈现出一派祥和景象。

归鸿声断，她忽觉这日光是如此的凄清，让人哽咽，举头可见残云，碧色连天。这辽阔旷远的天，让她只觉一阵仓惶。再回首，见屋外背窗雪落，屋内袅袅炉烟静炷。她目光所及，此时皆是静谧、岑寂的苍白色。春节本应很喜庆，但她丝毫提不起兴致。静谧的白色柔和地温暖着她的双眼，她只是一个人安静地坐着，等待夜晚的降临。火红的烛光下，她头上的凤钗流金溢彩，但钗头上用彩绸或金箔剪成的人胜却是轻盈落寞。此等景象，就如同她初嫁赵明诚时那个甜蜜的夜晚。昨日已逝，一切都只能依靠模糊的回忆来填补内心的空虚。在她初入这座城时，便已经料到了这一日内心的潦倒，望归鸿而思故里，见碧云而起乡愁，这是她了悟于心的道理。

　　深夜里，隐隐约约响起了军中的号角声，江宁并不平静。天空的星星正随着时间的流逝调整着它们的明暗和位置，而蜡烛则不断流着眼泪，为逝去的短暂时光惋惜。等到星星隐去，蜡烛燃灭，东方渐渐显出曙色，李清照提了提神，望了望窗外。晓漏残，曙色开。清晨，牛斗星随着号角声在天际隐散，斗转星移，天将破晓。她一夜无寐，再一次感到那料峭春寒，于是心中忽生忧扰，怕是连赏花的心情也跟着那夜之静默消失殆尽了。此刻，她的内心几多曲折。

　　星光可以洒满肩头，落雪可以洁净世界，可童年仰望星空时的神秘感和亲人相伴的幸福感已经追不回来了。对她来说，回忆就像洋葱，一层层剥离，泪流不止，可剥到最后却发现什么都没有。如影随形的乡愁甩不开，丢不掉，总是牵挂着，牵扯着。哪怕走得再远，总有一个叫"故乡"的地方让她魂牵梦绕。世间又有谁能摆脱呢？

　　"将去未去，欲归难归"，多么贴切。寓居在江宁府的深宅大院里，尽管已经出现了春的气息，报春的梅花也已悄悄开放。在这光景中，往昔欢乐的时光就像旧胶片一样播放，一帧一帧都是静谧、隐约。

已经四十多岁的李清照倍加想念故土，怀念亲人，父亲李格非、老师张耒等，一张张面孔都在她脑海中划过。她还记得十七岁那年的夏天，就在京城，老师张耒作《读中兴颂碑》一诗，其中写道："玉环妖血无人扫，渔阳马厌长安草。潼关战骨高于山，万里君王蜀中老。"

诗歌借用唐代安史之乱的故事，抒发了对时局的看法，认为北宋大有覆蹈唐朝天宝之乱（即安史之乱）的可能。当时李格非和其他朋友连连拍手，认为诗歌很有深度，引发了他们对时局的一番审视。

年纪尚小的李清照也不服输，就此题材作出《浯溪中兴颂诗和张文潜》（二首）。其中这样写道："五十年功如电扫，华清花柳咸阳草。五坊供奉斗鸡儿，酒肉堆中不知老。胡兵忽自天上来，逆胡亦是奸雄才。勤政楼前走胡马，珠翠踏尽香尘埃。何为出战辄披靡，传置荔枝多马死。尧功舜德本如天，安用区区纪文字。"

荷花池畔，李清照同样引经据典，以天宝之乱为主题，借史讥讽现实，细说天宝之乱使唐玄宗统治四十几年的功劳化为灰烬，奢华的帝都最终长满了野草，朝廷腐败，兵戈声气，国家颓败……

当时李清照只是年轻气盛，在师父面前展露了一下傲人的才气，但他们都没想到，后来的变化正如当时所预料的一样，靖康之难，奇耻大辱。

或许，人生真如梦。还好，她身边还有丈夫赵明诚相伴。天气渐渐转暖，她还不知道，有更大的风浪在等着她。半生安定的她，躲不过宿命注定的飘零。

这首词作于李清照南渡最初的几年，此时她已经四十多岁，这样的年纪对一个女人来说是沉重的、疲惫的、敏感的。这是一首写乡愁的作品。乡愁是一种深刻的情愫，如同长在人身体里的脏器，会影响到一个人的意志力甚至生命。于陌生的城池里总觉呼吸之间有云雾翻涌，那一种清冷的孤独感是无法弥补的。因此当它加于一个女子身上时，便更显沉重。自古文人多愁忧，但这一刻，李清照的无奈落魄、苟定不安，对北方、对曾经的大宋的那种念望，却更为复杂。她承受的、背负的孤独和恐惧自然远不止于此。

时局板荡，缒城宵遁

/
/
/

李清照不会料到，一年的短暂安宁之下隐藏的是更多的苦难与舛错。宋高宗建炎三年（1129）三月，时局板荡，赵明诚罢守江宁。

春城草木，岁岁枯荣。南渡第二年，赵明诚被任命为京城建康知府，不料在这时发生了一件令家族蒙羞的事。

建炎二年（1128），赵明诚出任江宁知府，是时金人大举南下，江宁成为大宋要塞。赵明诚官居要职，本该有所担当。1129年二月，率领京都部队驻扎在江宁的御营统制官王亦图谋兵变，打算夜间纵火为号，率部在建康叛乱。

当江东转运副使李谟得悉王亦的秘密后，他立即飞马急驰，将此事告知了江宁知府赵明诚。事有奇巧，恰逢此时，赵明诚已经接到赴任湖州知州的调令，这即意味着此刻的赵明诚已经不再是江宁知府的身份，江宁城的大小事宜也不再隶属他管。但这并不表示赵明诚可以不闻不问，如若他的内心尚有直正和责任担当。

事实上，赵明诚竟真的借机充耳不闻，做出事不关己的姿态。赵明诚曾经为人做事的原则立场此刻丧失殆尽。多一事不如少一事，他未听从李谟的建议。乱兵将起的时刻，他的意志萎缩得令人羞耻，李谟只得自己采取措施，先在路口立起栅栏，然后率兵埋伏在通往城内的道旁。

当夜，王亦率人在城中纵火，鼓噪起兵。到处有乱兵作乱，幸而李谟阻拦得力，使他们不能冲进建康城劫掠，王亦只好砍开南门逃离。

将近天明时分，一切平息下来后，李谟去拜见赵明诚，却发现堂堂建康知府不见了，原来赵明诚夜里已与通判、观察推官等攀绳下城墙逃跑了，这就是赵明诚一生中最为耻辱的事情——"缒城宵遁"。

想当年赵挺之也曾遇见过相似的事情，那时他还不过是一个小小的德州通判。哲宗即位之初给兵士赏赐缗钱，但贪婪的德州郡守不肯发放，致使兵变发生。骚乱士兵冲进郡守府，郡守和其他官员纷纷逃命，只有赵挺之端坐堂上，他镇静地问明兵变原因，当即发放赏钱，并以凌厉手段惩办为首作乱者，成功平息了这场兵变。

或许是南宋当权者的苟且偷生产生了巨大的负面影响，导致世风日下，赵明诚的灵魂也终被荼毒。

　　那时候弃城逃跑的官员确实很多，或许是赵明诚年轻时的锐气已消磨殆尽，只想得过且过躺在官位上混日子，又或许是当晚他审时度势做出了错误的判断。总之，与父亲当年相比，赵明诚在吏治方面的才能实在平庸，完全不足以独当一面，先是心存侥幸没有警惕性，继而不能当机立断采取行动，最后还毫无责任心地弃一城百姓于不顾。他是一个成功的金石学家，但绝不是一个成功的官员，他不可能在动荡的社会里挺身而出成为一个英雄。而李清照是有英雄情结的。

　　事定之后，赵明诚因"缒城宵遁"被朝廷撤职。李清照这个柔弱女子在这件事上却表现出大节大义，为丈夫临阵脱逃而羞愧。是的，她震惊无比，失望无比！身为地方长官的赵明诚没有指挥戡乱，反而缒城逃走，这是多么耻辱的事！是的，那一夜京城内乱，作为一城之主，他终究没有将这一城山水一肩担起，也不曾身先士卒指挥战乱，反而弃城逃走，这怎能让她不失望？本以为夫君风流倜傥、铁骨铮铮，本以为夫君怀济世之才，满腔热血，胸怀韬略，却不料此时他竟猥琐至此，她竟错看了他。彼时露宿山川，酒一壶，风月在壶外，人生在酒内，举杯笑谈，良辰美景。谁承想，世事竟这般轮转，他青衣依旧，却是那般的陌生。她知道，这一刻起，她与他之间纯美的恩爱已萧萧落尽。

慷慨悲歌：生当作人杰

/
/

建炎三年（1129）二月，赵明诚被撤职。遂和李清照带着全部家当，于三月继续沿长江乘舟西上，打算到江西赣水之滨定居。一路上，两人难免有点别扭，略失往昔的鱼水之和。

"具舟上芜湖，入姑孰，将卜居赣水上。"（《〈金石录〉后序》）当舟行至乌江镇时，李清照得知此地是当年项羽兵败自刎之处，不觉心潮起伏，一如雨疏风骤，一如江水滔滔。堂堂中国，皇皇华夏，自古不乏英雄豪杰。望帝怀念故国，化作子规，啼血哀鸣，漫山遍野的杜鹃就是他满腔碧血的演化；楚霸王逐鹿败北，无颜见江东父老，宁肯一死以谢天下；年轻的太学生陈东以书生之柔弱而赴国难，几次伏阙上书，终被朝廷斩首。丹心碧血，浩气长存。而与之形成鲜明对比的是那些弃天下百姓于不顾，苟且偷生，偏安一隅的人。

这些忠肝义胆之士的气节激励着李清照，在孱弱而颓废的南宋时代，一位弱女子却发出了如此强音：

生当作人杰，死亦为鬼雄。

至今思项羽，不肯过江东。

李清照志向如山，巍峨屹立，坚强豁达的心怀豪迈而热烈。"生当为人杰，死亦为鬼雄。"国破家亡，奋笔疾书在婉约迤逦的心绪中，迸发出强烈的感叹。在滔滔乌江畔，仰天一笑，生当顶天立地，为国为民捍卫尊严与主权，死也要做鬼中英雄。苟且于世、贪生怕死的南宋君王，不顾百姓颠沛流离，自顾自逃亡，令人嗤之以鼻。诗句荡气回肠，千古萦绕，把豪壮聚成坚硬的犁铧，犁出金戈铁马的豪壮。此时，李清照是大漠边关的勇士，怒目北望，一腔悲愤直冲青天。谁还说李清照只是闲愁无数的弱女子？这样掷地有声的诗行，不让铁骨男儿！

赵明诚在她身后听着这一字一句的金石之声，面露愧色。

纵使磨难千回百折，她人生的价值取向亦是始终不曾变质。活着就要做人中豪杰，为国家建功立业；死也要为国捐躯，成为鬼中英雄。纵然不能奔赴沙场，但至少她懂得操持一种内力，一种比剑戟更有力的东西，那就是意志！坚强的意志！

面对霸王拜别虞姬后的自刎之地，朔风如刀，将乌江亭边的故事刮得呜呜作响，将她的心事撩动得汹涌澎湃。她随丈夫南下，不为其他，只为昔年的举案齐眉。她曾想，此一生只要与他相随，即便半世飘零，她亦不悔。不承想，万里河山被异族践踏之际，他却躲在了马蹄风声之后，弃城内千千万万生命于不顾。乱石穿空，长歌当哭。她爱他，可她要的，却不是乱世风烟里的情爱厮守，更不是个人的畏缩苟安。

恍然间，似时光逆流，轮回的彼岸，那柔弱的身影依然清晰，朦胧的月光凄美了憔悴的容颜，一如美丽的烟花，摇曳后化作尘埃，而此岸的你我是否还能感知她的忧伤？"莫道不销魂，帘卷西风，人比黄花瘦。"就是这样一个看似伤春悲秋、闺怨闲愁的羸弱女子，却胸怀一腔"虽处忧患穷困而志不屈"的凌云情怀，写下了"生当作人杰，死亦为鬼雄"的豪言！

短短二十字的小诗，连用三个典故，丝毫无堆砌之弊，亦无累赘之感。字字慷慨雄健、掷地有声。"人杰"一词来自汉高祖刘邦，汉高祖立国后，曾称开国功臣张良、萧何、韩信是"人杰"。"鬼雄"是屈原《国殇》中的词，出自那句"身既死兮神以灵，魂魄毅兮为鬼雄。"还有那"不肯过江东"的项羽。李清照的这首《乌江》表达了不同以往的慷慨之音，一洗之前的儿女气。是的，在现实无情的煅烧下，李清照的文字再次脱胎换骨，如刚出窑的瓷器一般，质地坚硬，敲之作金石之声。

第七章

天人两隔

谁知一别竟永诀

　　李清照在《〈金石录〉后序》里说，出知建康第二年春，建炎三年（1129）五月，她和赵明诚乘舟上芜湖前往赣江，走到池阳（今安徽池州）接到圣旨，赵明诚被召回京复职。

　　他们刚一到达池阳突然接到御旨，召任赵明诚为湖州知州。意外获得朝廷的宽宥，负城而逃的赵明诚这一喜非同小可，当即计划返回建康。或许是被免官的日子备受冷落，或许是缒城而逃让他一直在李清照面前抬不起头来，平日书生气十足的赵明诚就像一位将军顿时雷厉风行起来，他渴望着干一番撼天动地的事业。

　　斯时，高宗临时驻跸建康，新官上任前有例行召对。赵明诚匆匆找好房子，把家临时安置好，就要独自赴召去。

　　当此兵荒马乱之际，皇帝尚且四处逃难，寻常人家妻离子散更是常事，前路如此茫茫不可预料，想来李清照心里亦有万分的不舍，还带着隐隐的恐慌。她乘船相送，看着他上岸登程，江风浩浩，江水汤汤，夏季的丽日青空，江边的绿柳红花……一切苍凉与热闹俱已退净，世界是一片无声的黑白，只有他和她，一个在岸上，一个在舟中。当时何曾料到，这会成为最后的画面？等到这个画面在她笔下化为文字时，他已和她生死永隔，于是所有的细节纤毫毕现，时间、地点、眼神、动作、对话，俱清晰如昨。

赵明诚独往面圣，当时李清照在船上，她描述夫君"始负担，舍舟坐岸上，葛衣岸巾，精神如虎，目光烂烂射人，望舟中告别"。

李清照望向爱人的眼神温暖殷切，脸上有夏日阳光投射出的阴影，而她的爱人赵明诚，身着葛衣，头戴岸巾，她眼里的他，依稀还是多年前那俊雅的"茂陵少年白面郎"。是啊，他正当壮年，正是男人年富力强的好时候，看他精神如虎，雄姿英发，此一番是打算建功立业一雪前耻了。他的目光明亮有神，让她想起《世说新语》里的一句话："眼烂烂如岩下电。"他依然是她心仪的那个人，岁月不曾改变什么，争执、龃龉、小小的雾数、淡淡的隔阂都改变不了，独这混乱的世道容不下。念及此，她又是欢喜，又是伤感，还有一丝茫然。

随从牵马过来，他攀鞍认镫，一跃而上。四目相对，赵明诚有力地挥挥手。她突然觉得有无数的话要说，一时间都堵在喉中，只匆匆问得一句。后来，李清照说自己"余意甚恶"地呼问，其实，她只是不忍离别，因为她心中莫名其妙地就有了不祥的预感，于是她有些无助地大喊："如果城中情况紧急，我该怎么办（如传闻城中缓急，奈何）？"

她清楚记得，他是"戟手遥应"。王仲闻先生说此乃以手插腰如戟，王水照则注曰：竖起食指和中指来指人，形如古代兵器中的戟。后者似更妥帖。只见赵明诚潇洒地戟手遥遥而应，声音洪亮地回答："随大流吧，别人怎么办，你就怎么办。只是，你记得，如果到了万不得已的时候，就先舍弃行李辎重，把那些笼箱包裹丢掉；其次可以把被褥衣物丢掉；再次，实在没办法的话，可以丢弃那些书画卷轴；最后，那些金石、古器之类也可以扔下。但唯有宗庙礼器，你必须要随身携带，与之共存亡。千万别忘了！"（"从众。必不得已，先弃辎重，次衣被，次书册卷轴，次古器。独所谓宗器者，可自负抱，与身俱存亡，勿忘之！"）赵明诚说完，就骑上马绝尘而去，背影在李清照的视线里远去。她咬了咬牙，抑制住恸哭的冲动。当时她并不知道，这句话已是遗言。

尚未出师身先死

至池阳（今安徽贵池），赵明诚被旨知升至湖州知府。不幸的是，在赴任的途中，冒暑奔驰的赵明诚因水土不服、气候不适，病倒在建康。

死别，来得出乎意料地快。等到消息传至李清照这里时，他已经是卧床不起了。

一直不忍心读李清照写的《〈金石录〉后序》，尤其是夫妻分别那一段。一个男子拍马而去，一路马蹄声响，他的脸上一定带着自信的微笑，在心里告诉自己：等我回来！我要向大家证明，我一定能成为力挽狂澜的大丈夫！

但最终，他尚未出师，就已身将先死了。从池阳到建康，是他一生中最具理想气质和英雄气概的旅途。

李清照匆匆赶来，一路洒满了晶莹泪珠。为爱，也为他。

等到书童赶回报信，李清照判断赵明诚是中暑，必服寒药，赵明诚体质却不适合寒药。李清照晓得赵明诚一向性子急，必然为求速效而服用寒性中药，如此则病情危急也。她且惊且怕，忧心如焚，急急放舟东下，一个日夜行三百余里，可谓是昼夜兼程地赶路。可纵是如此，也依然无力抗命。

李清照赶到时一切都晚了，赵明诚急于退烧，所以用了大量的寒药急攻。可是大量的寒药非但没有令赵明诚的病情好转，反而更加严重了，仅十天光景，原本高大、健硕的赵明诚就病入膏肓，竟于八月十八日卒于建康。

仓皇不忍问后事

李清照《〈金石录〉后序》载："余悲泣，仓皇不忍问后事。八月十八日，遂不起，取笔作诗，绝笔而终，殊无分香卖履之意。"那年李清照四十六岁，其词风的转变应是从这一天开始。

有时候，一个能够相抵着支撑下去的背，一双能够紧握着传递力量的手，就是最大的依靠，是活下去的希望。可是，李清照失去了这些，她眼前的人再不会"眼烂烂地"看她，她手中的手也渐渐失去温度。二十八年婚姻路，怜过多情，怨过无情，至此方知，活着却是最好的多情，死亡才是最绝的无情。从海誓山盟走到天人永隔，浮生似梦，飞花如愁。

弥留之际，赵明诚也曾试图为李清照留下最后的只言片语。八月十八日，他要来笔墨写诗，可是已病入膏肓，连说话的力气都没有了，在无力的颤抖中，终于未能写成什么。

年仅四十九岁的赵明诚便在满眼凄凉的痛苦中溘然长逝，丢下了号哭不已的李清照。没有人知道他弃城而去之后，心内堆积了多少自责与悔恨，也没有人知道，他忧愤而死，有多少是因为她与他之间的爱不再有转圜。唯一能肯定的是，她的爱情，终结在他南逃的夜晚。在那个得与失的渡口，这名叫易安的女子，以一曲清词，在她与他之间划开了一块寂冷的沙洲。

曾几何时，他们的结合羡煞旁人，才子佳人，美偶天成。他是太学生，与她门当户对，情投意合。郎作秀口吟，妾写锦心词，共同爱好金石，喜诗词，她与他的婚姻幸福得如同花间溢出的蜜，绵甜而温馨。

清词阕阕，将时光缓缓漾开，晓风疏月，垂柳如丝。一剪梅，小重山，醉花阴，声声慢……长夜如磐，浓浓的墨香携着柔情并驱入词章。那时，荷香阵阵，粉藕未成，桌上一灯如豆，她正当青春。两人对酌，一杯一杯复一杯。

庭院深深，倚窗同坐，青铜玉鼎，香烟袅袅，无数个午后，他们将时光交付于书房，抑或柳荫花影下。

猜对了，举杯畅怀大笑，情正浓，意正融，茶倾覆于怀中，亦不曾察觉，那时他们满眼都是春天，这样赌书泼茶满屋香的日子里，把快乐变成她笔下浓浓淡淡的墨香。陌上花开，携手同游，绵长的时光中，她婉约立于那些长长短短的句子间。

之后，她与他之间的姻缘因着山河沦陷，因着边关告急而转折起落，她眉眼里的清冷与萧瑟，是梧桐更兼细雨时的感伤。

许多年之后，岁月如逝水，烟波里的故事却在水面翻腾不已。人们都还记得她的名字，说起千年前曾有一个叫易安的女子，她的才情，她的诗意，她与一个叫赵明诚的男子之间赌书泼茶的惬意。可又有谁读出，这惬意之后的无奈与清寂。

初秋的风自远处池塘捎来几许花香，那是荷的香味，她与他曾一起赏过。闭上眼，依稀可见被风浮起的衣角。没有人能理清她的心事，她的诗亦不能。或许她也不想让旁人知道，聪慧如他，终也负了她，这世间，还有谁能懂她、爱她吗？

坚城自堕，杞妇悲深

/
/

赵明诚卒后，李清照为文祭之，曰："白日正中，叹庞翁之机捷；坚城自堕，怜杞妇之悲深。"

以上两句来自李清照为赵明诚所写的一篇叫做《祭赵湖州文》的祭文，全文如今已散佚失传，单单剩下这二句。这对残句对偶精炼、用典工巧。

前两句典出宋释道原《景德传灯录》，这是一部禅宗史书。庞翁是襄州一个得道居士，叫庞蕴，他将要寂灭，令女儿灵照观看时间，等到日午来报。灵照很快来报说：日已中天，但有日蚀。庞蕴出门去查看，灵照即刻登上父亲之座，合掌坐亡。庞蕴回屋见状，夸奖女儿快捷，遂把日期更延，七日后才圆寂。李清照借助这个典故，表达了一种沉恸，慨叹赵明诚机敏若灵照，懂得走于自己的前面，抛下她，孤独无依地在这荒凉人世上。

李清照与赵明诚是多年夫妻，爱情已与亲情一同融化在血液里，更何况他们膝下无儿无女，年近五十的他们就是彼此最大的依靠，更加之这是一个连年兵燹的时代，而她只是一个生活在他身后的弱女子。从今以后所有的风雨都要她一个人来扛，所有的荣誉和悲伤也都要她一个人承受。

"坚城自堕，杞妇悲深。"说的是春秋时齐国攻打莒国，齐国大夫杞梁战死，其夫人闻说之后歇斯底里地痛哭，闻者悲伤。后来听说因其哭声哀绝，莒城崩塌。这就是"孟姜女哭倒长城"的雏形。赵明诚之于宋，犹如杞梁之于齐，都是国之栋梁。李清照是赵明诚的夫人，正如杞梁夫人与杞梁的关系。所以，李清照引此典即是说，当赵明诚病故，自己内心的哀恸绝不会比杞梁夫人少。正是这样一种无可比拟的绝顶伤痛，被她凝练在这二十字中，此感情不是涓涓细流，而是滔滔河流，是汪洋大海。她对他所有的爱全都聚到这"杞妇之悲深"当中。悲伤沉入大海，变成海浪波涛，在她的生命里汹涌而过。

《古今注·音乐》中说，乐曲还有《杞梁妻》，杞妇长哭，叹的是："上则无父，中则无夫，下则无子，生人之苦至矣。"李清照用典精准，她此时的处境正是如此：无父，无夫，无子。父亲早就去世了，至亲只剩一个弟弟，在朝廷里做敕局删定官，随着高宗逃难去了；赵家那边，赵明诚的两个兄弟赵存诚与赵思诚，远在泉州和广州为官。而前方战报频仍，金人加速南侵，沿江一带已如沸汤，战火不知何时便烧到眼前，天下之大何处可供她栖身？

天人永隔，西风萧瑟

临高阁，乱山平野烟光薄。烟光薄，栖鸦归后，暮天闻角。

断香残酒情怀恶，西风催衬梧桐落。梧桐落，又还秋色，又还寂寞。

——李清照《忆秦娥·咏桐》

九月天高，楼阁高耸。踩着低沉的木质台阶登上阁楼的最高处，放眼望去，山野空旷，薄雾蒙蒙，落寞苍凉。夕阳最后一缕余晖缓缓坠入夜的深渊。晚霞的氤氲里，有归鸦悲鸣，暮色的晚风中，隐隐约约传来号角声。一直等到天色暮了，昏沉的夜渐渐闭上眼，李清照才缓慢离开。

如今，父母都已不再，家园早已沦陷，夫君撒手人寰，建康城时时有被攻陷的危险，守着大堆的文物古玩，一个弱女子究竟该如何是好？难道人生真如梦，那么既然上天给她一个美好的开始，为什么不能给她一个哪怕平淡的结尾呢？

九月的维伤，十月的仓皇，候鸟都扑腾起翅膀。星光黯淡的晚上，香已烧断，酒杯里还剩下一些残酒，冷漠的西风悄悄叩着窗纸，梧桐树的叶子又开始凋落，她几乎能听到每一片叶子坠地的响声。每一阵风过，心如刀割，不忍再去看那些文物和古书，因为一看就要心碎，这种心碎是有声的，那碎裂的声音尖锐、绝望而凄厉。

吹箫人去玉楼空，肠断与谁同倚

藤床纸帐朝眠起，说不尽无佳思。沉香断续玉炉寒，伴我情怀如水。笛声三弄，梅心惊破，多少春情意。

小风疏雨萧萧地，又催下千行泪。吹箫人去玉楼空，肠断与谁同倚。一枝折得，人间天上，没个人堪寄。

——李清照《孤雁儿》

葬毕赵明诚，李清照大病一场，医治了很久才渐渐康复，只是，身心已然虚脱的她仿佛变成了另一个人。

丈夫的故去带走了李清照的最后一丝温暖与希望，她心中的爱情也死去了。她痛不欲生，甚至想随丈夫而去。但是她知道自己不能这么做，因为她还有使命在身，她要完成丈夫最后的愿望。望着堆积床头的那些书册，她悲凉的目光中透露出了坚毅，她要为赵明诚整理他所写的有关金石彝器考证的文章，纪念夫妇二人二十八年来共同走过的情感历程，这成为她执着的信念。

赵明诚去世后，很长一段时期易安词里都是愁、泪、心碎、肠断，只因"梧桐半死清霜后，头白鸳鸯失伴飞"，人去玉楼空，生死两茫茫，人间天上，阴阳永隔，再没个人可寄啊！

于此处，哀痛之情震天憾地。

藤编床和梅花纸帐还在，赵明诚却不在了。早上，缓缓地从床上坐起，再轻轻伸出手将帐帘掀开，这一举手、一低眉里尽是落落遍地的如清水、如云锦、如月光的思念与追忆。如今，孤单的我说不尽相思，孤影落寞无人怜悯，这方寸之地唯有断续的沉香与寒净的玉炉相伴，只是沉香烟断，玉炉也冰冷。这份孤独纯粹又深刻，一如我追忆的往事，水一样地潺潺流过。

远处有箫声传来，哀婉沉痛，如同悼亡的乐。闻者悲伤，听者哀绝。"笛声三弄，不交一言"，却可以相知相爱心相通。可如今我们天人永隔，梅心"惊破"，花落了，春去了。

李清照是一个透彻的女子，她明白个中道理，对自己也不逼迫，感情流露自然，不刻意遏制或放纵。纵然如此，她依旧怕那梅心惊破，春恨无限意绵绵，一起惹上枝头。

如此真切而凄惨，李清照的咏梅词其实是对丈夫赵明诚的一首悼亡词。这首《孤雁儿》词有一个小序："世人作梅诗，下笔便俗。予试作一篇，乃知前言不妄耳。"虽明为咏梅词，暗为悼亡。

　　词调原名《御街行》，后变格为《孤雁儿》，专写别离悼亡的切肤之痛。李清照入词《孤雁儿》，入得妥帖，入得心里去。词是好词自不用说，化用典故宛若已出，咏梅悼亡更是浑然一体，且口语入词，素净雅致。

玉壶颁金：无比悲愤

整日愁肠百结的李清照在哀风凄雨中孤独无依，此时发生了一件对她打击极大的事情，即"玉壶颁金"案。有人在高宗面前弹劾赵明诚生前将玉壶投献给金人，有私通之嫌。

关于"玉壶颁金"的事情，李清照在《〈金石录〉后序》里有这样一段记载："先侯疾亟时，有张飞卿学士，携玉壶过，视侯，便携去，其实珉也。不知何人传道，遂妄言有颁金之语，或传亦有密论列者。余大惶怖，不敢言，亦不敢遂已，尽将家中所有铜器等物，欲赴外廷投进。"

通过李清照的记述能大致了解到，在赵明诚病重时，一个名为张飞卿的学士曾拿着一把自认为是玉壶的器皿来请赵明诚品鉴。但经赵明诚品鉴之后发现，此物非玉壶，不过只是一把珉壶。珉即类似玉的石头，也就是说这是一把寻常的玉石壶，而不是贵重的玉壶，后来张飞卿便带着这把壶悻悻地离去了。

但时隔不久，在赵明诚病逝后，李清照听到关于"玉壶颁金"的传闻，说赵明诚私下通金，将玉壶送给金人。这个谣言越传越广，一时间甚嚣尘上，不明真相的百姓在痛恨侵略者的情绪下，对此传言推波助澜，使得造谣者更加嚣张，最后有人私下筹划就此事弹劾尸骨未寒的赵明诚。若是皇上采信，这便是非同儿戏的卖国通敌大罪。

李清照得知此消息后气愤不已，此事纯属小人搬弄是非，她见不得朝廷有人向夫君泼脏水，他临死前还想干出一番事业，以消除自己缒城而逃的愧疚，又如何会通金？

她想到一个解决方法，就是将家中所有夫妻俩辛辛苦苦保存的文物、礼器等献给朝廷，那么一切谣言就不攻自破了。她要用这种极端的方式明志，证先夫之清白。那些珍贵的物品，几乎每一件都带着自己和夫君的记忆，她舍不得任何一件，但她更舍不得丈夫去世后名声受到任何的污损。"通金"的大罪让她无法喘息。

李清照此时的做法绝非欠缺气节的懦弱之举，这一行动必是她经过深思熟虑之后方才决定的。赵明诚尸骨未寒，此时，她若不能妥当处理"玉壶颁金"事件，必将给赵、李两个家族带来又一次毁灭性的灾难。所以说，这女子此刻是气概的、刚毅的、炽烈的，像一株植根年久却璀然始终的花树。

就在李清照做出此决定之时，由于金兵南逼，高宗无暇顾及此事，只是忙着带他的宠臣逃跑。李清照只好携带少量轻便的书帖、典籍，跟着他们的足迹踏上了逃亡之旅，颠沛流离中，一些金石书画等贵重之物在路途中又散失大半。

这年十一月噩耗传来。太后所在的洪州被金军攻破。太后退到虔州，李擢和他的父亲都弃城逃跑了，李清照于洪州寄存的两万卷书、两千卷金石拓片被南侵的金兵劫掠一空，听到这一消息，李清照失声痛哭。她想起了夫君生前的嘱托："万不得已就去掉古器，唯独那些宗庙礼乐之器，必须亲自负抱，与这些祭器共存亡，千万不要忘了！"

可是如今呢，赵明诚尸骨未寒却被流言所伤，辛苦一生的珍贵文物绝大多数被战火无情吞噬，只剩下一个瘦如梅花的女人，和少量轻便的文物。最珍贵的就是那套《金石录》了。战火即将烧着，她不得不带着仅存的文物踏上逃亡之路。

就这样，山河破碎，丈夫亡故，这一切惨痛似乎还不够。一个孤苦无依的妇人，固执地携带仅存的文物，辗转千里追寻高宗逃亡路线，一厢情愿地想把毕生搜集的文物献给朝廷，以此证明丈夫的清白。

第二年春天，她追寻到了浙江东部。"到台，守已遁。之剡，出陆，又弃衣被，走黄岩，雇舟入海，奔行朝，时驻跸章安，从御舟海道道之温，又之越。"可她刚赶到越州，却听说皇帝已经转移到了四明，也就是今天的浙江宁波。她太累了，已经无法将那么多的铜器携带出发，只好把它们连同一些珍贵书籍的手抄本寄存在浙江一个小县，后来这里也发生了叛乱，有一个将军将所有寄存的文物悄悄私吞了。

第八章

乱世飘零，亡命天涯

画楼重上与谁同

/
/
/

帘外五更风，吹梦无踪。画楼重上与谁同？记得玉钗斜拨火，宝篆成空。

回首紫金峰，雨润烟浓。一江春浪醉醒中。留得罗襟前日泪，弹与征鸿。

——李清照《浪淘沙》

这虽是一首悼亡词，但情意深沛，词意里带着沉默的力量。国不再国，家不再家，但她依然是她，那个忠爱他、忠爱家、忠爱国的清婉女子。

五更时分，枕冷衾寒。午夜梦阑，掀起珠帘，见沉沉一片暗天压下来。五更天是夜里最阴寒的时段，寒凉的夜风带着泥土气味吹将过来，她心有微澜，任凭这风里的凄薄之气灌溉。

词中那一句"记得玉钗斜拨火，宝篆成空"的背后是有掌故的。"记得玉钗斜拨火"本是写闺中夫妻的旖旎互动，但因接了"宝篆"一词，理解时就不可如此草率了。旧时"宝篆"有两层意思，第一层意思是说香炉之中的炉烟升起时曲折回环状隐隐如若古篆字体；第二层意思是指代古代道书、秘籍，因其都是用古篆字体书写，所以此类道书、秘籍被称作"宝篆"。李清照于此处写"记得玉钗斜拨火，宝篆成空"并非是为了描述陈年的闺中旖旎，而是表达夫妻未能白头偕老之憾，让人叹惋喟然。

"一江春浪醉醒中"是化用李后主《虞美人》中"问君能有几多愁，恰似一江春水向东流"的词意。愁如春浪融入江水，化作绵绵往生里的记忆线索，她只是寻着它去回顾，但是内心已被光阴淘洗得稳重如山。

整首词的气质是哀婉的，如陈廷焯在《白雨斋词话》中说"凄绝不忍卒读"，但是它又自有淡定清却之风，有着一种被时间淘练出的微妙气场。

情怀不似旧家时

/
/
/

两汉本继绍，新室如赘疣。所以嵇中散，至死薄殷周。

——李清照《咏史》

李清照作这首词借古讽今，也表达了自己的爱国情怀和坚决支持宋朝的态度。建炎四年（1130）九月，女真人扶植刘豫建立了傀儡政权伪齐。逃跑皇帝赵构继续沿水路逃亡了三个月，因觉得逃跑的队伍过于庞大，怕受到拖累，索性遣散了跟随自己的文武百官，撤掉了船上的龙旗，自顾自地逃命去了。

龙旗不见了，皇帝的下落很难再打听到，一路循其踪迹的李清照忽然断了线索，茫然而失望至极。如今，皇帝撇下百姓和官员夺路而逃，江山社稷眼看将落入金人之手。李清照为水深火热中的国家和百姓忧心忡忡，更为四处漂泊、无所依托的自己心焦力竭。

当年十一月她流浪到衢州，绍兴元年（1131）三月，李清照赴越（今浙江绍兴），居土民钟氏之家，随身带着的五大箱文物又被贼人破墙盗走。她悲痛不已，"重立赏收赎"。

赵明诚亡时，她拥有的文物资产尚未受损，有"书二万卷，金石刻二千卷，器皿，茵褥，可待百客"。但至此，图书文物大部分已散失。

此时国事家事，事事让李清照揪心。本来金兵溃败后不敢有窥伺之心，南宋朝廷空有强兵良将，却偏安一隅，不思北伐。高宗与秦桧同金人签订和约，解除岳飞、韩世忠、张浚的兵权，又以"莫须有"的罪名杀害岳飞，从此偃武修文，笙歌燕舞，高枕一勺西湖水，直把杭州作汴州了。

天上星河转，人间帘幕垂。凉生枕簟泪痕滋，起解罗衣聊问、夜何其？

翠贴莲蓬小，金销藕叶稀。旧时天气旧时衣，只有情怀不似、旧家时！

——李清照《南歌子》

岁月催老了红颜，李清照再没有了"倚门回首，却把青梅嗅"的青春活力。她还不时回味着"云鬓斜簪，徒要教郎比并

看"的时光，但斯人已逝，旧时光再也无法重温了。"凉生枕
簟"，马上就要入秋了，孤独的她倚着枕头垂泪，枕上被泪水打
湿了一大片。天空中星移斗转，而人间的帘幕却一动不动地低垂
着。时光变迁，岁月弄人——转眼间自己与相知相爱的丈夫已天
人两隔，而那时一起品茶、赏花的点滴美好总是浮现在眼前，挥
之不去。她心中的悲怆如潮水般汹涌澎湃，难以抑制。

　　起句大开大阖。"天上"斗转星移，何其阔大；"人间"深
宵幕垂，何其幽深。枕簟生凉，是纯然女性化的纤细感受；泪
痕潜滋，始知那凉意来自于寂寞悲哀。夜何其兮夜未央。长夜
漫漫，她是如此孤独。过片精巧工致，"翠贴莲蓬小，金销藕
叶稀"，一时竟不辨是自然还是衣饰，只觉其美，细细品味，
"贴""金"二字方露出一点端倪。及至"旧时天气旧时衣"，
乃知原来是丝线磨损的旧衣，旧时天气，旧时衣裳，只是人不再
有旧时的情怀。

　　这首《南歌子》所作年代不详，大约是在宋建炎三年
（1129）赵明诚病亡之后所作。词意里透露出的身世之感和故
国之思是十分强烈的，李清照总能将柔然的语言组合得充满力
量，以寻常言语入词，确实字字句句锻炼精巧，虽似平静无波，
内中则暗流汹涌。娓娓道来，感人至深。

　　现在，收藏散失，爱人离世，只有旧时天气旧时衣，不经意

间折射出旧日的好时光。他曾因见她这花裳流连不已，如今已无人流连。念及于此，她内心悲咽，低眉枕首却再无言语，若有话，又能说与谁人听？

玉瘦檀轻无限恨

庭院深深深几许，云窗雾阁春迟。为谁憔悴损芳姿。夜来清梦好，应是发南枝。

玉瘦檀轻无限恨，南楼羌管休吹。浓香吹尽有谁知。暖风迟日也，别到杏花肥。

——李清照《临江仙》

庭院深深，春日迟迟，她难得安稳入眠，却又恍然忆起隆冬的某日清晓，她于半梦半醒之间忽见枝头的那一点淡粉，轻轻地从角落里溢出来，漫至她的身旁。向阳枝头有梅带给她无以言说的温暖，但至此时令，它芳姿损减，气韵折伤，不知那窗外梅花兀自憔悴为哪般？仿佛这风华正茂与形容消损不过是转瞬间的事。南楼的羌管请不要再吹奏哀怨的曲子了，那梅花经受不了这样的刺激了。对故去丈夫的思念每时每刻地折磨着她。看着自己芳姿日渐憔悴，无人问津，李清照或许有些不堪重负了。

作《临江仙》的这年，李清照大约四十九岁。李清照的伤痛绝非简单寻常的"女子善怀"，她只恐这一生空有咏絮之才，却别无惊人之处，花木兰、梁红玉、红线女、穆桂英、樊梨花这样的女子，才是她此刻所歆慕的。

这首《临江仙》借欧阳修的词句做引子，她曾这样写到："欧阳公作《蝶恋花》，有'深深深几许'之句，予酷爱之。用其语作'庭院深深'数阕，其声即旧《临江仙》也。"欧阳修的那一首《蝶恋花》之所以让李清照如此钟爱，借句提词，只因它本身便是珠玉。

身经战乱，半生搜集的文物被劫掠，收复河山的渴望自然地从心中浮起。在某个春天，她就曾吟过四句《春残》：

春残何事苦思乡？病里梳头恨发长。
梁燕语多终日在，蔷薇风细一帘香。

思故乡，思念早已在天堂的丈夫，似乎都在她脑海中混沌了。青州、莱州、历城、汴京，每一处都有夫君的痕迹。婚后，她曾和赵明诚执手来到济南，看趵突泉涌动的水花，看大明湖里盛开的荷花，黄昏下的渡船，船头的吹笛人，还有那一群群惊起的白鹭，她那时天真地相信"执子之手，与子偕老"，"战火""灾祸"这些字眼似乎从未在她的思想中出现,偶尔在书中读到,也漫不经心。

　　李清照这首绝句是晚年所作,忧恨重重,"蔷薇风细一帘香"甚为工致,倒有易安小词的意境。

九万里风鹏正举

天接云涛连晓雾，星河欲转千帆舞。仿佛梦魂归帝所，闻天语，殷勤问我归何处。

我报路长嗟日暮，学诗谩有惊人句。九万里风鹏正举，风休住，蓬舟吹取三山去！

——李清照《渔家傲·记梦》

青空、浮云、岚雾，烟锁重楼，水天相接。曙光微露，银河渐转，梦魂仿佛回天庭，天帝传话善相邀，她得到生命里最盛大的眷顾。日暮路长，求索无成，路途漫长却尚不知归宿。望那磅礴九天里鲲鹏展翅，灵魂里理想之灯被烽火燃起，她突然觉得生命需要被赋予更多的意义。大风莫止，待她乘那一叶扁舟去往蓬莱三山处。

从这首《渔家傲》可以读出李清照胸腔中原有一股英雄气，

身逢乱世，即使老迈，她胸中的壮志仍不弱于须眉男儿。一个美丽而柔弱的女人，纤细婉约，安静唯美，在面临困境之时表现出的大气与安定，让后世人永远不会忘记她的美好和刚毅。

这首词记录的是梦。李清照睁开眼，四垂的天幕，汹涌的波涛，还有弥漫在四处的茫茫雾气，仿佛到了天宫一般，惊心动魄，飘然若仙，让人无限神往。

李清照真的愿意化作一只大鹏，抹掉尘世的记忆，展翅飞向那渺远的仙山。可当她置身云海，两三步就是天堂时，她却停步回头望。回首莫望乡，望乡须断肠，人世的故乡藏了太多的记忆。

学者们认为李清照在这首词里吸取了《离骚》中"上下求索"和李白"梦游天姥"的浪漫主义精神，体现了李清照心中的不凡理想、不凡愿景。

蓬莱本就是一个充满灵仙意味的地方，《史记·封禅书》里这样记载蓬莱："自威、宣、燕昭使人入海求蓬莱、方丈、瀛洲，此三神山者，其传在勃海中。"仙阁凌空、神山现市、渔梁歌钓、日出扶桑、晚潮新月、万里澄波、万斛珠玑、铜井含灵、狮洞烟云、漏天滴润，这是蓬莱的十大盛景。只有蓬莱才能与李清照辽阔、清旷的心智与理想相匹配。

在词史上，李清照被尊为婉约词宗，其实不是很准确，她的词与秦观、柳永等婉约派有着不同，与一般的闺秀词也有不同。

南渡前她的作品虽女性化，但并没有脂粉气，显示出一种俊逸气质，晚年的作品则多了深沉与健举。《古今词论》里说："男中李后主，女中李易安，极是当行本色。前此太白，故称词家三李。"

清人黄蓼园《蓼园词选》评这首词："此似不甚经意之作，却浑成大雅，无一毫钗粉气，自是北宋风格。"这篇《渔家傲》是不可多得的豪放词杰作，题为"记梦"，想象丰富，意境阔大，气势磅礴，似不经意之作，却浑然一派大雅。整首词典雅大气，毫不娇柔，充满力道。

赵世杰在《古今女史》中叹曰："海内灵秀，或不钟于男而钟于女人。"而古今女人之灵秀，或许都给了李清照一人。诗、词、琴、棋、书、画、金石无一不精，为文之婉约与豪放无一不能，为人之柔媚与刚健一体并存。李清照留给后世的形象是健全的、丰富的、立体化的，每一面都真实、自然、动人。她超越闺阁文学，给女性文学树起一座前所未有的高峰，即使是以男性为主的中国文学史也不得不给她单独开辟一章。这成就，不以丈夫的名头、家族的地位、政治的力量为依托，而是完全基于她自身的才气。

第九章

伤心枕上三更雨

花残春尽，何处停驻

建炎四年（1130）冬，高宗给护卫他一年有余的百官放了个长假，李清照也在这时找到了自己的亲弟弟李远，随后姐弟一起赶赴浙江西部的衢州探亲。大概是因为当时形势危急，李远就把家属安排在了衢州躲避金兵，而自己可以专心随驾。绍兴元年（1131）春，李清照又随着弟弟李远回到高宗暂时驻跸的越州，在那里，她遭到了偷盗。直到绍兴二年（1132）三月，她才跟随着高宗的御驾回到金兵劫掠后的临安。在这有"三秋桂子，十里荷花"之美誉的地方，官员复位，科举再行，南宋小朝廷又要重新开始它的统治运作。

重阳时节的临安湖山秀丽，林泉优美，在淡淡的梅香里，李清照疲惫的心暂时放松了下来。自赵明诚去世以来，她就以带病之身驰驱奔波，整天担惊受怕，回到了临安，不用继续被驱策于野外长途，余生可以和亲人相邻相望，尽管失去了很多，但也感到一种劫后余生般的放松。只是，她还没有来得及调整好，极度紧张劳累之后的身心就来向她"讨债"了。春末时分，她忽然生了一场大病，危重的状况比之赵明诚逝世后"仅存喘息"的那一场有过之而无不及。

临安城里，虚弱的李清照日日在病痛的折磨中喘息，她的弟弟含着眼泪天天跑来为她送药尝汤。他觉得姐姐这一生太苦了，除了自己，现在竟然没有一个靠得住的亲人守在身边，且病势起得十分凶猛，煎熬了很长时间。因为极度虚弱，她一度"牛蚁不分"，什么也听不清楚了，已经接近死亡的边缘。

这时出现了一个名叫张汝舟的官人，自称是崇宁年进士，正在诸军审计司担任右承奉郎，他表示自己对李清照的才华闻名已久，对李清照现在的不幸遭遇深表同情，而且他也没有了妻子，如果李清照和李家不嫌弃，他愿意好好照顾李清照，与她牵手度过后半生。他说得很真诚、动听。因为做敕令所删定官，有一定资历和品级的官员的任命几乎都要从李远这里通过，他对"张汝舟"这个名字也还是有所耳闻，但是又知之不多，他很可能是把那个年纪较大的明州张汝舟和眼前的张汝舟弄混淆了，他不能理解，为什么张汝舟愿意娶自己这位孤苦伶仃的老姐姐，她几乎一无所有，而且还生着这样的大病。张汝舟忙不迭地介绍自己，说自己是北宋崇宁年间的进士，他当年与太学里的其他同学一起经常谈论易安夫人的才华与文名，倾慕不已，但因升沉异势，不敢想象能有亲见芳颜的一天。自己这一生里，仕途起起落落，没有大的发展，如果晚年能有易安夫人相伴，这一辈子也算是没有虚度了。

张汝舟的话让李远十分感动，他没有想到在姐姐如此病重的时候还有这样一位有情有义的官员，不嫌弃她的一无所有，对她如此敬重。姐姐失去姐夫至今已有三年，看她的样子，似乎还没有从悲伤中走出来，可是，总这样下去怎么行呢？如果姐姐后半生能够得到这位对她钟情的张官人倾心相待，或许能够获得幸福的晚年生活。尽管这位张官人看起来没有姐夫儒雅博学，但能如此长久地保持着对姐姐的钟情，也算是一个可以相托的人了，如果姐姐能够听到他的这番话，应该也会同意他的求婚的。

李远没有再多问，只是再看了一眼他迁官文书上的名字，这个人确实是张汝舟。他代替李清照答应了张汝舟的求婚，不过他也表示，婚事要等姐姐病好了以后再办。李清照的病势稍减，弟弟李远就兴奋地告诉了她这个消息，李清照大为吃惊，开始她是拒绝的，但是弟弟劝她，如果有这样一个钟情她很久的张官人呵护她，她即使无法体验到极致的幸福，但至少也不会因为孤寂而多愁、多病了，也不会总是沉浸在失去姐夫的痛苦里无法自拔。他说，其实姐夫在黄泉之下如果知道有人这么爱你，也一定会很高兴，姐夫那么爱你，自然也希望你过得好。

如果是来自长辈的逼迫，李清照肯定会一口否决，但是，弟弟那种处处为她着想、为她找到了幸福之后的快乐、充满期待的神情让李清照不能不动容。弟弟绘声绘色地复述出张官人那一番多情的话，也让李清照有几分感动。但是对赵明诚的爱，又让她本能地拒绝任何其他爱情的来临。就在她沉吟不语、犹豫不决时，那个多情的张官人又让媒人登门来说亲了。

李清照想到弟弟的期待，也想到这个素昧平生的张官人的钟情，觉得像是在梦中一样。她想起了自己坎坷不平的一生，也想起昨日仓皇于道路，今日沉疴在此，世事真是难料，或许有一个可信赖的人来陪着到老，虽然不会有赵明诚相伴时的种种好处，但毕竟也是可以少一点寂寞。"曾经沧海难为水"，给赵明诚的那种感情以后是再不可能付出给别人了，但是，爱没有了，生活却还要继续，而这个叫做张汝舟的人对自己还有一种如此迫切的感情，也许是老天看到自己的苦了吧。尚在病余虚弱状态中的李清照没有力气继续想下去。

张汝舟初次见面便流利地背诵了李清照的数首诗词，特别是她十七岁时作的那首《浯溪中兴颂诗和张文潜》，他竟可以倒背如流。她相信了张汝舟的人品，还天真地幻想着能够延续多年前与赵明诚一起时的恩爱时光。

张官人果然热情，他好像一天也不能多等似的，在李清照病症还没有好利索的时候就一再要求结婚，并表示自己无牵无挂，可以更加尽心地照顾李清照。于是，李家的人同意了他的要求。张汝舟派来车马，把李清照以及她的劫余之物一同载走了。

此恨难穷，错嫁非人

/
　/
　/

作为崇宁年间进士及第的张汝舟，他的确知道李清照当年飞扬于京城的名声，而且对她后来的作品也颇有所闻，因为李清照曾是那样一位"文章落纸，人争传之"的著名词人和诗人。但是，他此刻如此急着要娶回李清照，却是因为他去年往池州"措置军期事务"时，听那里的人说起："你别看不起我们池州这个小地方，当时可是赵明诚赵太守看得上的居住地呢。那个赵太守拥有的金石文物，真是好几辈子也吃用不完啊！你简直无法想象，凭他们夫妇，是怎样弄到那么多金石文物的。后来赵太守去世了，赵氏夫人搬运它们的时候不知道花了多少功夫，用了多少银子！"别人只是这么说说，张汝舟却多了一份心思，他以前就知道李清照，现在更知道，谁拥有了李清照，谁就掌握了这些金石文物的最终归属。但他不知道，李清照现在所拥有的金石文物的数量已经与在池州暂住时不能相比了，他也不知道，李清照现在对这些与赵明诚共同生活的遗痕看得比命还重要。张汝舟与李清照，两个彼此都没有足够了解的人，一个心怀鬼胎，一个则带着对往事的惆怅和感动，住到了同一个屋檐下。

但他们在同一个屋檐下仅仅住了百天就彻底分手了。起初张汝舟对李清照笑脸相迎、礼貌有加，两人也相安无事，但一段时间后，当张汝舟以为李清照已在自己的掌控之中时，便开始向她索要金石文物，索要不成，张汝舟便从恶语相向发展到拳脚相加。

对于李清照而言，在最初接触张汝舟时，他也是一个彬彬有礼的君子，刚结婚时对她也很好，但她很快就发现，这个来自军中的张汝舟虽然是崇宁进士出身，但却十分粗鄙、庸俗，赵明诚与他比起来，简直一个是王良，一个是驵侩，有着霄壤之别。而早就觊觎那些珍贵收藏的张汝舟，本就是冲着李清照的金石文物而来。他见婚后的李清照并没有因为他的那些"动人的表达"把金石文物交给他，而且发现李清照家中并无多少财物，她现在所拥有的这点儿书画，与池州人所渲染的根本没有可比性，便大失所望。

两人的矛盾产生了，直至尖锐。张汝舟做梦都想占有李清照身边尚存的文物，可这些历经劫难的幸存之物对李清照而言已是有神圣使命的载体，并且此时《金石录》还没有整理成书，当然不能失去，要知道，她一直在为赵明诚编撰整理《金石录》。

张汝舟想当然地认为李清照既然已经嫁给自己，那么连人带财自然都应该归他所有，一切都应该由他来支配。在礼教森严的宋朝，有这样的想法不足为奇。但是李清照并不这样想，于是很快就因为文物的问题跟张汝舟爆发了矛盾。她也看清了对方的嘴脸，知道他有所图谋，跟自己志不同道不合。而张汝舟眼看自己的如意算盘落空，于是撕下了面具，露出了丑恶嘴脸。他成日对李清照恶语相向，甚至破口大骂，有时更是粗暴地动手殴打她，想让她屈服。清高的李清照苦不堪言，后悔自己认错了人。

　　得知姐姐所受的非人折磨后，李远深悔自己的轻信和造次把姐姐送进了火坑。他无法相信，一个进士出身的文官会有那样粗暴的行为，他赶紧去翻查这个张汝舟的老底，一查之下才发现这个张汝舟根本不是自己标榜的那种人。这个北宋时形迹不扬的张汝舟真是一个十足的无赖和流氓！他不仅算计了李清照，还算计了宋朝的官制。

　　按照宋朝的官制，官员的升职考核很严格，不仅要有足够的任职资历，还要有足够数额的荐举人，即"举主"，特别是在官员初次候选进入官场，或者是由一般的散官进入真正的职事官，又或者是由"外任"转为"京官"时，这三个关口要求相当严格。而且每个举主可以荐举官员的次数不仅有限制，他们和被荐举人之间还存在一种近似"连坐"的关系，这就迫使举主们都很珍惜自己的荐举权，所以那些个人品德或者行为上有问题的选人很难得到足够数额的举主，也就无法进入宋朝的行政体系中来。

　　而这个张汝舟，他为了转成京官，所呈材料上的举主人数与他实际找到的举主人数不相符。他利用了宋朝待选官员众多，监察人员容易疏于细察的漏洞，非法地钻进了官场。这种事情，宋朝政府秉持着发现一个查处一个的原则，从来没有手软过。这回，一直侥幸的张汝舟没有那么幸运了。

宁为玉碎，不为瓦全

身处乱世的李清照是不幸的。丧夫、国破、家亡，异乡飘零的愁苦吞噬着她的心，又在孤苦伶仃之中错嫁非人。

彻底看清了张汝舟面目的李清照也豁出去了，她宁愿玉石俱焚也要给卑劣的张汝舟沉重一击。

在封建社会，女人要离婚谈何容易，在夫权至上的封建时代，法律向来就不会给予女性任何支持，如若提出"夫妻失和"这样的理由，官方只会认为是家务事，不予理睬。

李清照要离开他，就必须有充分的理由。无奈之中，李清照走上一条绝路，鱼死网破，告发张汝舟。在病情稍有好转之后，她便步履蹒跚地走进了临安府，向官府告发张汝舟"妄增举数入官"。

但依宋朝法律，女人告发丈夫，无论对错输赢都会因为"地告天"的犯上行为而受到惩罚。

在"贞女不事二夫"的旧时，李清照再婚之后名声受到严重的毁损，幸有官居三品的翰林学士綦崇礼出手相助，李清照方能避开很多灾祸。在李清照给綦崇礼的答谢信《投翰林学士綦崇礼启》中，她明确地历数张汝舟的恶行。"遂肆侵凌，日加殴击，可念刘伶之肋，难胜石勒之拳。"正因此，李清照说"视听才分，实难共处，忍以桑榆之晚节，配兹驵侩之下才。"

李清照宁可坐大牢也不肯与张汝舟为伴。

没有想到宋高宗亲自来过问这个案件，他下诏将张汝舟除名，流放到柳州编管。李清照一开始作为嫌疑人被关押了九天。

由于李清照的名声太大，当时又有许多人关注此事，再加上翰林学士綦崇礼等亲友大力营救，她因而获释。

不敢想象一个柔弱的女子，单薄的双肩被捆上道道绳索，纤瘦的手腕被扣上沉重的枷锁，那是怎样悲壮的场面？那需要怎样视死如归的心怀？李清照做到了，她用自己巍峨的清高，对世俗和命运发起强烈的反抗，那种宁为玉碎不为瓦全的正义凛然，用不屈服的精神迎向残酷的压迫。"九万里风鹏正举。风休住，蓬舟吹取三山去。"大鹏展翅，借风飞翔九万里，载着李清照对自由的向往和渴望流传千古。

伤心枕上三更雨

/
/
/

回首往事，逝去的时光是载不动的愁和哀，此时人生渐近暮年的李清照不再是那棵开花的树了，"风住尘香花已尽""物是人非事事休，欲语泪先流"。但是，不论遭遇了什么样的人生坎坷，路还是要走下去的，哪怕是孤独一人。

再嫁的屈辱让她痛苦而惭愧。她说："清照敢不省过知惭？扪心识愧。责全责智，已难逃万世之讥。""败德败名，何以见中朝之士！"

后半生，她很不如意，幸福再也没有眷顾过她。

也许是那样肆意的才华遭了天妒，所以早早地收回了属于她的幸福，让她默默品尝人生的苦涩。

窗前谁种芭蕉树，阴满中庭。阴满中庭，叶叶心心，舒卷有余情。

伤心枕上三更雨，点滴霖霪。点滴霖霪，愁损北人，不惯起来听。

——李清照《添字采桑子·芭蕉》

　　窗外，一大丛芭蕉茂盛地长着。盛夏时节，浓郁的芭蕉树几乎布满了庭院，微风吹过，显现出蕉心蜷缩、蕉叶舒展的曼妙情致，仿佛灵魂里有一片深挚绵长的欢情。其实，那欢悦的情意里渗透出来的气味是有一点酸涩的。

　　夜阑人静时，她欹枕卧听三更雨，点滴霖霪，声声寥落。雨打芭蕉时，有一种忧惶寂寞夹杂在声音里漫过来。雨点有疏有密，声音有远有近，淅淅沥沥，滴滴答答，想象瞬间弥漫开来，仿佛是昨日钻进了她的心脏，卷起一阵阵回忆的大浪，淹没了她的一点点坚持。芭蕉厚实宽大的叶子承得住太多的记忆，那些北方的旧人、旧风物引发内心的涩苦非是一言可以尽说。"愁损北人，不惯起来听。"那一刻，她定有一种落泪的冲动。

　　"长相思，长相思，无边细雨密如织。犹记当初别离时，泪满衣襟绢帕湿。人生聚散如浮萍，音讯飘渺两无情。独坐窗前听风雨，雨打芭蕉声声泣。"如此简单的爱情诗句，却穿越了千年。芭蕉把思念变纯净，把感情变真挚，即使伤感，却不寒冷，尽管分离，却不孤寂。因为，如今无论在哪里，都能在梦里听到雨打芭蕉，那声声上升诗意的声音。

第十章

风住尘香花已尽

江山留与后人愁

千古风流八咏楼，江山留与后人愁。

水通南国三千里，气压江城十四州。

——李清照《题八咏楼》

绍兴四年（1134）九月，金兵再次南侵，南宋的军事力量已得到恢复，高宗决定御驾亲征，都城临安将成为军事交锋重地，百姓纷纷逃离，李清照也在这个时期离开临安，到浙江金华住了一年。

在金华期间，李清照还曾作《武陵春》词，感叹辗转漂泊、无家可归的悲惨身世，表达对国破家亡、嫠妇生活的愁苦。又作《题八咏楼》诗悲宋室之不振，慨江山之难守，其"江山留与后人愁"之句，堪称千古绝唱。

读这首七绝，令人想起薛涛的《筹边楼》和杜甫的《登岳阳楼》。李清照此时的处境与杜甫"老病有孤舟""凭轩涕泗流"

近似，呈现出的却是薛涛"平临云鸟八窗秋，壮压西川四十州"的气象，丰练蕴藉，沉稳凝重。

同年十月，韩世忠大破金兵。十二月，岳飞再度重创金兵。张浚又在镇江沿长江布下重兵，金人大为恐慌，最终引兵夜遁，南方局势遂归于安定。李清照回到临安，晚年一直定居于此，为官宦家庭的女子教授诗词，为内廷妃嫔捉刀作诗词，继续搜集金石书画，并修订赵明诚的《金石录》。

备受争议的嗜好——打马

李清照避乱金华时写成《打马图经》并《序》，又作《打马赋》。文章字面多在写打马之道，但处处都有所寄寓，引用了很多与马有关的历史事件。暗指宋高宗不识良马，不思抗敌；又说朝中不乏桓温、谢安这样的贤才良将，只要加以重用，就能击退金兵。她借着博戏的胜利喊出了自己"北返中原"的愿望和抗击金军的火热之心。

李清照到达金华后，住在陈氏家里，日子过得还算惬意。家中窗明几净，而当地的秋季昼短夜长，气候宜人；家中还有几个孩子，很是热闹。李清照和孩子们一起玩打马这种流行的博戏，一边玩一边向他们传授经验，同时她充分利用自己在语言方面的造诣，用生动巧妙的语言将游戏中蕴含的人生哲理反复地讲给他们听，告诉他们做什么事情光有聪明才智是不够的，更要有专心致志的精神，即便玩游戏也不可半途而废，而应掌握要领，学艺精湛，继而就能触类旁通，得心应手了。李清照用自己渊博的学识，引经据典，将丰富而有趣的史实、典故或传说融入了空洞、高深的道理之中，比如"昆阳之战""逐鹿之战""庖丁解牛""师旷之聪"等，可谓寓教于乐，用心良苦。她在方寸棋盘间数说天下局势，寄寓爱国情怀、人生理想和生活哲学。她以末技做出复兴家国、育人励志的大文章，以小见大，发人深省，这种格局与创造力值得后人敬佩与学习。

李清照的暮年生活与年轻时自然有悬殊，不再热烈，不再执着，不再波澜四起，不再汹涌蓬勃，她变得静默，但内心又如女童般单纯雀跃，回到最初的纯澈，如高山流水，度生之轮回，享"打马"之欢。

关于李清照的"打马之好"历来受到争议，有甚者用"嗜赌成瘾"来形容李清照。当时社会对女人有很明确的道德要求——三从四德！"从"就是顺从，也是对于女子作风的核心要求。"三从"指未嫁从父、出嫁从夫、夫死从子，"四德"指妇德、妇言、妇容、妇功。古人认为，女人在人生的各个阶段都需要由男人来支配，隐忍而矜持，这样才是符合女德的。如果想与男人分庭抗礼、一争高下，那一定会被人非议、指点，说她不守本分、不是个合格的女子。于是，李清照从出名那天开始挨的骂还真不少，其中之一就是说她好赌。李清照所"独爱"的非行序粗简的豪赌，而是依赖精巧技艺的"打马""彩选"一类的"闺房雅戏"。她将"博者"理解为"争先之术"，丝毫不去刻意避讳自己"性喜博"的趣致和态度。而这正是因为她洒然自在、坦荡飘逸的心性所致。她从不刻意地生活，但是始终竭力。李清照的"打马"并无错处，已是"知天命"的她沉浸在游戏带来的单纯的快乐中，仿佛又回到了无忧无虑的少女时代。经历了风风雨雨、悲欢离合，她已经看开了、放下了。她不在意他人眼光，恣意地活着，活出人生的精彩与豁达。

风住尘香花已尽

/
/
/

风住尘香花已尽，日晚倦梳头。物是人非事事休，欲语泪先流。

闻说双溪春尚好，也拟泛轻舟。只恐双溪舴艋舟，载不动、许多愁。

——李清照《武陵春·春晚》

宋罗大经《鹤林玉露》里说："诗家有以山喻愁者，杜少陵云：忧端如山来，澒洞不可掇。赵嘏云：夕阳楼上山重叠，未抵闲愁一倍多。是也。有以水喻愁者，李颀云：请量东海水，看取浅深愁。李后主云：问君能有几多愁？恰似一江春水向东流。秦少游云：落红万点愁如海。是也。贺方回云：试问闲愁都几许？一川烟草，满城风絮，梅子黄时雨。盖以三者比之愁多也，尤为新奇；兼兴中有比，意味更长。"而李清照自出机杼，把愁这一情绪给物质化、固体化，并推想其重量，说是舟船也载它不动，可知那身世之悲、飘零之苦有多痛。国破家亡，双鬓如霜，年华暗淡，四季流转。金华的双溪啊，依旧春光泛动；只是这小小的舟楫啊，又怎载得动这万古愁肠。

绍兴五年（1135），金兵前来进犯。这一年的五月，她依附弟弟李远，避难金华，当时已是五十多岁。她总是在幽婉的情致里得到契机，睹物填词。正值暮春时节，是一个充满凋零、萧索、落寞感的时令。像她这样敏感的女子，总会因着外界的环境际遇，生长出凶猛如潮水的情绪。

日渐稀疏的两鬓又多了几根华发，她喜欢泛舟，曾经是个"溪亭争渡"的少女，又是个"轻解罗裳，独上兰舟"的相思少妇。她曼妙的身影和秀美的容颜还留在时光中，但已经没有人能够欣赏。如今已是暮年的她只能伴着丈夫遗留下来的些许金石，睹物思人，聊以自慰。岁月如此无情，往昔如尘埃般被风吹散，繁华落幕后只剩一地寂寥，叫人徒生感伤。

一夜东风吹柳绿，满塘碧水映桃红，江南的春色，盈翠欲滴，美得让人心动，而潇潇庭院中寂寞的身影恍若隔世的风景，凝眸锁愁，遍倚阑干，俯首轻叹，愁肠寸断，春暖闺深，国破家何在？望断天涯已寻不见来时路，泪流尽，心已碎，徒留惆怅伴孤灯，"谁怜憔悴更凋零"。南飞雁，哀鸣划破长空，犹如杜鹃啼血，心痛，心酸，心碎！

吹了一夜的风终于停了，而枝头的残花已经完全凋落，最后一丝花香落入尘土中。日头高高升起，她却感到倦怠，无心梳理那"三千烦恼丝"。人生只有短短几十年，在历史的长河中如此渺小——山川没有改变面貌，美人却已迟暮，熟悉的人不在了，万事皆休；心中的郁结卡在喉咙难以说出，满腹愁情只能化作千行泪涌出。有人说双溪的春景还很美，这又勾起了她泛舟的念头，然而她很快便没了兴致：那一叶轻舟又怎么能承载她的一世愁肠呢？

李清照的词情多流于伤感，如暮春晚风旧花。这首《武陵春》是她于宋高宗绍兴五年（1135）避乱金华时所作。此时，她已经五十二岁，历尽乱离之苦。清吴衡照《莲子居词话·卷二》评此词曰："悲深婉笃，犹令人感伉俪之重。"读来很是恰切。如果说《声声慢》所流露的凄苦尚令人在"生离死别"之间举棋不定，那么这首词则毫无疑问地流露了饱尝离乱之苦，在连天烽火中漂泊流离，历尽世路崎岖和人生坎坷后的"死别"之恨。"只恐双溪舴艋舟，载不动、许多愁"，透露出心中充满了家破人亡的悲哀，也饱含着物是人非的愁苦。尘土既因花落而含香，则必是落花遍地，如同漫长年华中的短暂幸福，芬芳过后，散落入泥。

又还秋色又寂寞

/
/

临高阁，乱山平野烟光薄。烟光薄，栖鸦归后，暮天闻角。

断香残酒情怀恶，西风催衬梧桐落。梧桐落，又还秋色，又还寂寞。

——李清照《忆秦娥·桐》

断香残酒，登高望远。望到的，是乱山，是荒野，是薄薄日光。宋朝半壁江山已被攻占，国土处处兵荒马乱，杂草丛生，满目萧瑟。傍晚时分，乌鸦归巢，叫声不断，听得人心中惆怅。远处军营中悲壮的号角声时而回荡，更是让人黯然伤神。香炉中的香已经燃尽，却没心思再加了；手中的酒杯已空，忽地想起曾经焚香、对饮的趣事——温馨往事历历在目，眼前却是一片荒凉残败，心情越发愁苦了。越是怀念过去，此刻就越觉得孤寂、凄凉，仿佛要被无尽的悲伤吞没。

有秋风，吹落梧桐。风声、落叶声、叹息声，还有她的孱弱和疲惫，以及背井离乡、国破家亡。最后的"又还秋色，又还寂寞"用了两个"又"字，表明了她面对此景此情时深入骨髓的孤独与无力感。

靖康之变后，李清照遭受了接连不断的打击：家破人亡，流离失所，四处奔逃，遗失文物，受人非议，所托非人……不仅个人命运多舛，国家也陷入危难，朝不保夕，满目疮痍。她的这首《忆秦娥》凭吊了故去的爱人、逝去的美景韶华和沦陷的国土，寄托了今人的思愁哀怨，又饱含对故土的怀念。

李清照不仅有着令人赞叹的才华与学识，更有着过人的毅力与顽强的生命力。她有着那个时代大丈夫才具备的责任感与担当，又有着男人不具备的温柔与韧性。她用自己的一生给宋朝、给文坛添上了亮丽惊艳的一笔。

将爱经营到生命尽头

/

/

/

　　李清照一生将爱当做生命来经营，丝毫不曾有懈怠。从二十岁时相思幽怨如此，到逾六十岁时深长沉重的悲怆怀念亦如此。在赵明诚死后二十年里，李清照从未将这份爱从灵魂中剥离。他在的时候，她不遗余力地去爱；他不在的时候，她亦是不遗余力地去怀念，哪怕会因此折伤自己也不足惜。她将这一生的感情都倾注进了手边寥寥的金石字画里，承言继志，完成《金石录》，她对这一使命的专注程度有两件事可以佐证。

　　第一件事是，宋徽宗政和七年（1117），赵明诚生前最重要的金石文物著作《金石录》基本完成。这是一部继欧阳修《集古录》之后规模更大、更具价值的关于金石学的专门著作。到宋高宗绍兴五年（1135），赵明诚已经去世六年，此时年逾五十岁的李清照为《金石录》专门撰写了一篇《〈金石录〉后序》，其影响和研究价值甚至超过了《金石录》本身。

　　第二件事发生在她六十六岁时。宋高宗绍兴十九年

（1149），她专程去拜访"懒拙翁"米友仁两次，并请他为亡夫收藏的两幅米芾的字作跋。米友仁正是北宋书画大家米芾之子，他本人也是位有名的书画家，见长于行书和山水画。

绍兴十三年（1143）前后，李清照将整理后的《金石录》表进于朝。

平时在临安，李清照有很多亲戚。他们其中很多人都有了高官厚禄，可是李清照却躲得远远的。市井民间，已经有她的词在传抄、刊印。数年的深居简出后，李清照把这本书进献给了皇上。

皇上阅后龙颜大悦，让大臣们传阅这本《金石录》。夫妻二人倾注毕生精力所做的这部书很快在朝廷中引起了轰动。无论是精妙的文笔，还是丰富详尽的史料都令陷入功名利禄中的士大夫们耳目一新，唤起了他们的文人情怀。

就当皇上打算赏赐李清照时，她却默默离开了都城，开启了新的也是生命中最后的一趟旅程：前去寻找米友仁。她简单收拾了行囊，贴身带上最珍爱的两幅藏品——米芾的字帖，匆匆启程了。

经过千辛万苦，终于有一天她找到了米友仁。而此时，米友仁已经年近八旬。

当米友仁看到李清照恭敬呈上的父亲的字帖时，心中感慨万千。同李清照一样，他也经历过北宋到南宋的变迁，对北方的故乡也有着强烈的眷恋之情。这位年近八十岁的老人心潮澎湃，挥毫题文，《灵峰行记帖跋》一气呵成。

米友仁跋语云："易安居士一日携前人墨迹临顾，中有先子留题，拜观不胜感泣。先子寻常为字，但乘兴而为之。今之数句，可比黄金千两耳。"其落款为"敷文阁直学士、右朝义大夫、提举佑神观友仁谨跋。"

得到米友仁的题字，李清照内心欣喜，书法的美感让她喜上眉梢。一旁的米友仁眼眶里却已含泪花。两年之后，米友仁便去世了。

李清照心满意足地回到了临安，才发现自己的身体大不如前，眼睛看不太清，腿脚也不太利索了。这位饱经沧桑、历尽磨难的老人虽然有着顽强的生命力，渡过了一个又一个劫难，但终究敌不过岁月。或许她的身体早已衰老倦怠，只是靠着异常坚韧的精神和坚定的信念撑过了困境。

李清照注定会在浩瀚的历史中写下传奇的一页。她傲人的天资、渊博的学识、敏锐而纯真的心与她跌宕起伏的命运相辅相成，成就了她源源不断的才思与佳作。她与赵明诚是佳偶天成的一对璧人，他们相遇、相知、相爱，难舍难分，然后在这红尘里辗转蹉跎，来去匆匆。至此，她的生命之光渐次盛大起来，然后变成极致的翎羽。这个世界的艰深与荒芜不过只是衬托，她生之绚烂，光芒无敌。历史永远记得，曾有一名女子，视爱如生命。

冷冷清清复凄凄惨惨戚戚

寻寻觅觅，冷冷清清，凄凄惨惨戚戚。乍暖还寒时候，最难将息。三杯两盏淡酒，怎敌他、晚来风急？雁过也，正伤心，却是旧时相识。

满地黄花堆积。憔悴损，如今有谁堪摘？守着窗儿，独自怎生得黑？梧桐更兼细雨，到黄昏、点点滴滴。这次第，怎一个愁字了得！

——李清照《声声慢》

李清照生命中最后的大难便是可怕而持久的孤独。情感无所寄托让她犹如苦海行舟，而国家风雨飘摇更加重了她的痛苦。

晚年的她，孑然一身，因为没有子嗣，只能独守一座空院，无人问津，终日看着院中萧瑟之景喟叹，徒有一身才华、一腔热血，而无用武之地。只有当旧友偶尔造访时，她才能稍微排遣寂寞。一日，一位孙姓朋友十余岁的小女来玩，李清照说："你应当学些东西，我愿将平生所学相授。"不料孩子却说道："才藻非女子事也。"李清照听到她这么说，不由感到一阵心痛。

　　说者无意，听者有心。小孩子的话对于李清照来说应是不小的打击，甚至否定了她的人生价值。在那个时代，对于女子来说，才华、学识并不重要。李清照自幼好学，充满才情，还有着男儿般的志向，想要有一番作为。她是个高产的词人，作品被人们传抄；她与丈夫一起收书，论书，著书，连皇帝都要嘉奖她。可她到了暮年却情无可依，才学无人能传，知己难觅，更无法归故里。也许在旁人眼里她只是个异类。这样的想法让李清照如临深渊，陷入绝望的孤独中。她伫立于萧瑟的秋风中，心中吟诵着那首"寻寻觅觅，冷冷清清，凄凄惨惨戚戚"。这首凝练了她一生坎坷辛酸泪的《声声慢》让她于古代文学的长河中，创造了一座无人能够逾越的高峰。

　　李清照这首经典的《声声慢》历来为人称道，其叠字尤甚。宋人张端义于《贵耳集》中说道："炼句精巧则易，平淡入调者难。且《秋词·声声慢》：'寻寻觅觅，冷冷清清，凄凄惨惨戚戚。'此乃公孙大娘舞剑手。本朝非无能词之士，未曾有一下十四叠字者，用《文选》诸赋格。后叠又云：'梧桐更兼细雨，到黄昏、点点滴滴。'又使叠字，惧无斧凿痕。更有一奇字云：'守着窗儿，独自怎生得黑。''黑'字不许第二人押。妇人中有此文笔，殆间气也。"这阕小词，应当是李清照所有作品中，最为脍炙人口的一首。多少人，是因了那"寻寻觅觅，冷冷清清，凄凄惨惨戚戚"的句子，而知晓了李清照其人。彼时的李清照，经历了国破、家亡，经历了夫死、再嫁，当她站在时间的节点上，面对曾经的许多繁华与过往的若干悲苦，心中不由得泛起阵阵酸楚。

"寻寻觅觅"，是对过往幸福的追忆，但这种追忆只能使现实景况更感孤苦。"冷冷清清"，先感于外，"凄凄惨惨戚戚"，后感于内，世间哪得愁如许，如此陷入愁境无以解脱。但全词除结句用"愁"字将心境一语道破，并未直接言愁，而是刻画冷清萧索的环境来烘托惨淡悲切的心境：时暖时寒的天气最是难挨，饮一杯薄酒，也难以抵御秋风的阵阵凉意。一场秋风过后，大雁南飞，枯叶残花落了一地，这样凄凉的画面，触目生愁。窗外阴雨霏霏，雨打梧桐的声音，让心中的愁情更浓了。命运越发地悲凉，苍天无情，"怎一个愁字了得！"一个人独听芭蕉夜雨，凄冷的声音点滴落上石阶，也落入心里。本已哀痛的心，添上冷且伤的雨，满腔的感叹，怎是一个"愁"字说得清的？

对这首词的创作时间，学术界也颇有争议，一般认为是赵明诚病逝后所作，抒发的是国破、家败、人亡的凄惨境况，但近年来也有学者认为此词作于南渡之前，抒发的是"婕妤之叹"。对此，尚不可妄加定夺，但可以肯定的是，作为"守望者"，此时词人的目光已由"云中谁寄锦书来"的眺望转为"守着窗儿，独自怎生得黑"的凝滞，眼中的期待全然不见，幸福已经是明日黄花，除了守候和回望，无计可施。

李清照不仅善于用词，最难得的是凭她卓越的天才，自造新词，自立新意，建立了一种回环顿挫、婀娜多姿的词体。如《声声慢》的"寻寻觅觅，冷冷清清，凄凄惨惨戚戚"，一连下了十四个叠字，真是如珠走盘，古今所无。调名《声声慢》，她便将这些叠字双声连成一气来象征声声慢，营造萧瑟寂寞的气氛，暗示自己的情感。此外，她善于运用人人能懂的白话，配合美妙的音律，写出内心微妙的情绪，用得特别新奇，富有文学的创造性。

这首《声声慢》，表达了一个女子对一个男人无以复加的感情。用学者沈祖棻的话说，此词"是由于心中有无限痛楚抑郁之情，从内心喷薄而出，虽有奇思妙语，而并非刻意求工，故反而自然深切动人"。古人誉之为"千古创格""绝世奇文"。

于今憔悴，风鬟雾鬓

/

/

/

落日熔金，暮云合璧，人在何处。染柳烟浓，吹梅笛怨，春意知几许。元宵佳节，融和天气，次第岂无风雨。来相召、香车宝马，谢他酒朋诗侣。

中州盛日，闺门多暇，记得偏重三五。铺翠冠儿，捻金雪柳，簇带争济楚。如今憔悴，风鬟霜鬓，怕见夜间出去。不如向、帘儿底下，听人笑语。

——李清照《永遇乐·元宵》

那年，将到上元佳节，李清照又回到了临安。

汴京是繁华的，临安则是风雅的。西湖畔不时飘落丝丝细雨，滋润着这片远离战乱的土地，抚慰了离开故土的人们的心。这里的一切都那么平和，让人能暂时忘记国仇家难。

再过一天就是上元佳节，隔壁的院子里传来阵阵的笛声，夹杂着江南水乡的莲歌渔唱，李清照掀帘走进屋内，只见条几上的古瓶里，斜插着几枝梅花，地上的火盆里炭火正旺。这些使李清照蓦然想到三十几年前的新婚之夜，也是通红的炭火，也是清香的梅花。屋外，少女谈笑的声音打断了笛声。李清照向窗外望去，看到积雪尚未消融的小院中站着几个精心打扮的少女，十六七岁的光景，都穿着喜庆艳丽的服装，头上装饰着琳琅的珠花，戴着插有翠鸟羽毛的帽子，相约一起去看花灯。记忆倒回三十几年前，李清照还是个妙龄女子，北宋王朝还算稳固，她和丈夫一起去繁华的汴京街头观灯夜游。

怔怔地看了一会儿，她回过神来，怅然转身，取出丈夫的书稿，在书案上摊开来，温柔地摩挲着。书稿之上，夫妻二人的字迹交织在一起。她心头一酸，眼泪便落了下来。不知不觉天色已晚，临安城中爆竹声声好不热闹，远处孩子们的欢笑声隐约传入耳中。她思忖片刻，拿起纸笔，写出《永遇乐·元宵》。

当日已暮，那落日金光璀然，如同熔化的金水，氤氲过半边天幕。暮云色彩斑斓，呈现海蓝和深绿色，翠意连连，恍如碧玉叠出了一片堕天的灵气。这是天地旷然的美，而她如同尘埃，流连在人间，却望不见踪迹，不知自己身在何处。于是，她疑惑着，景致如此美好，可我如今又置身于何地？

嫩柳萌发，点点新绿如烟波。笛子奏着一曲《梅花落》，哀婉幽怨。春天的气息越来越浓了。只是，在这元宵佳节里，纵然天气融和，又有谁能担保须臾之间不会有风云变幻呢？有朋友驾着华丽的马车邀我同行，我却因没有兴致而婉言谢绝了。

难忘汴京城繁盛的那段日子，有很多闲暇时光，我偏爱元宵节看花灯。头上戴着装饰着彩色羽毛的帽子，戴上金线捻成的雪柳，打扮得美丽动人。而现在，形容憔悴，头发乱了也懒得打理，更不想晚上出去看花灯了。倒不如躲在帘下，听听别人家的欢声笑语。

词意里的疲惫是明显的、立体的，仿佛能从中恍然望见李清照那憔悴枯萎的脸。在《永遇乐·元宵》的上片，她写今年元宵节的情景。"落日熔金，暮云合璧"着力描绘元夕绚丽的暮景，傍晚的天空格外晴朗，在落日余晖的映照下一片绚烂，如流金般璀璨耀眼，依稀可辨的云彩围合如圆月。这两句话描绘出生动的意境和绚丽的色彩，对仗很工整。然而下一句却是反转，"人在何处"四个字与佳节美景形成了鲜明的对比，写出了茫然与无所适从，是一声发自内心的喟叹。这句看似突兀的话，实则包含了一系列的心理活动，非常耐人寻味：女词人身处热闹的临安，这里是南宋都城，却不是她心心念念的故都。看着似曾相识的画面，恍惚之间，她仿佛回到了太平盛世时的北宋汴京，但很快便清醒地意识到一切不过是自己的错觉，也只能叹一声"人在何处"了。接下来的三句描写了初春的气氛。"染柳烟浓"是从视觉来写的，"吹梅笛怨"则是从听觉来写的，意境非常饱满。柳条有了绿意，笛子奏起《梅花落》让人想起寒梅凋谢，这些都是春天到来的信号。但在李清照眼中，这春的征兆还远远不够，因此她说："春意知几许。"

"元宵佳节，融和天气，次第岂无风雨。"承上描写作一收束。在这样喜庆的节日里，趁着良辰美景，应该尽情享乐啊！但接着又是一个转笔，情绪一下子悲观起来："风雨随时会来，这样的美景又能持续多久呢？"这种突然而起的"忧愁风雨"的心理状态，深刻地反映了词人多年来颠沛流离的境遇和深重的国难家愁所形成的特殊心境。"来相召、香车宝马，谢他酒朋诗侣"，李清照晚年生活虽然孤苦凄凉，但还算体面。凭着才女的名声和家世背景，临安城中不乏显贵的妇人愿意与她结交。"香车宝马"写出了那些与她有些交情的"酒朋诗侣"的身份。这些女性不是寻常人家的女子，而是达官显贵的家眷，都是有些学识与见地的。但这一次，李清照因为情绪不佳，没有承领她们的盛情。这也表达了女词人历尽沧桑后看淡一切的心境。

这首词的下片，将画面切换到了几十年前的汴京。目的就是继续解释自己为什么无心赏花灯。"中州盛日，闺门多暇，记得偏重三五。"由上片的写今转为忆昔。"中州"专指北宋首都汴京（今开封市）；"三五"原指农历月的十五日。古诗："三五明月满"，可见自古就有这种说法。这里则专指正月十五元宵节。李清照记忆中的元宵节非常美好，那都是在北宋太平时繁华

　　的都城汴京度过的。宋人从皇室到百姓都很重视元宵节，李清照自然不例外。那时候的她正值青春好年华，有很多闲暇，也有很高的兴致，很喜欢赏花灯。

　　现在虽然身在临安，心却仿佛还留在那时的汴京。"铺翠冠儿，捻金雪柳，簇带争济楚"，认真热闹过一番。元宵节晚上，女伴们盛装打扮，用翠鸟的羽毛装饰帽子，戴上金线做的雪柳，一起去赏灯玩乐。

　　李清照对于自己年轻时的精心穿戴着墨颇多，用了六句话来追忆往昔。这既体现了她那时对元宵赏灯的喜爱，又间接说明了当年汴京的盛世美景。她在句中还使用了当时的俗语，还原了当年那个年轻女子的欢快心情，也表达了如今的她对那段美好时光难以忘怀。

　　思绪至此，过去的画面渐渐模糊，盛世不再，往日的欢乐也回不来了，"如今憔悴，风鬟霜鬓，怕见夜间出去"。她从记忆中又回到现实里来。今昔对比，禁不住心情又凄凉又生怯。历尽国破家倾、夫亡亲逝之痛，她不但由簇带济楚的少女变为形容憔悴、蓬头霜鬓的老妇，而且心也老了，对外面的热闹繁华提不起兴致，懒得夜间出去。"盛日"与"如今"两种迥然不同的心境，反映了她从汴京流亡到临安后今昔境遇的天壤之别。朝代的变迁、国家的危难给李清照的人生带来了无可挽回的重创，也在她的心里形成了挥之不去的阴霾。

　　词的结尾淡然而充满无奈与辛酸。"不如向、帘儿底下，听人笑语"从字面上来说就是李清照上了年纪，不想出门，只能自己待在家里听着外边的欢声笑语。而深层的含义则是，她想到自己不幸的遭遇、凄惨的处境，无心玩乐，无法融入这喜庆的氛围。一个原本对生活充满热情的人已经变得如此倦怠，连表达自己满腔愁怨都显得这般平静——在这样的反衬之下，悲苦之情更重了。

　　清代永瑢等《四库全书总目提要·集部词曲类一》中这样说："张端义《贵耳集》极推其元宵词《永遇乐》、秋词《声声慢》，以为闺阁有此文笔，殆为间气，良非虚美。虽篇帙无多，固不能不宝而存之，为词家一大宗矣。"

第十一章

婉约绚丽的旷世奇葩

寂寞尊前席上

芳草池塘，绿阴庭院，晚晴寒透窗纱。玉钩金锁，管是客来吵。寂寞尊前席上，唯愁海角天涯。能留否？酴醾落尽，犹赖有梨花。

当年曾胜赏，生香熏袖，活火分茶。极目犹龙骄马，流水轻车。不怕风狂雨骤，恰才称，煮酒笺花。如今也，不成怀抱，得似旧时那？

——李清照《转调满庭芳》

池塘边香草芬芳，微波荡漾。庭院幽深静寂，树木葱茏绿郁。暮色之下，有些阴凉。在这晴朗的傍晚，忽闻敲门声阵阵，她知道是有客人来了。人是需要有适当社交的，李清照这样的女子尤其是。但这一刻，她却不自觉地生出了惶恐。天下没有不散的筵席，筵席散去，她将面对的是更为空寥的时间。

曾经，她也有生香熏袖、活火分茶、纵情玩赏的美好时光。无奈物是人非，今昔两相背离。再无游龙骄马，亦无流水轻车。那不惧风狂雨骤的恣肆飒爽，与喜对煮酒残花的清落欢悦，如今只是风化在记忆当中成为不见生姿愈加苍白的暗史。一切皆已散尽，不复得。

此刻，夕阳的余晖将傍晚的晴空染得通红，窗外的丝丝寒意透进屋中。李清照的心正如池中之水，在波澜不惊的外表下，蕴藏着无边漾开的思绪。她怀念故乡，怀念亲人，思念朋友，更想念亡夫。她以池边的芳草自喻，寂寞孤独地伫立于凉意渐浓的暮色中，慢慢衰败。

李清照的晚年生活可以这样概括：安稳、寂静、清简，总结自己与赵明诚的半生缘，总结自己颠沛流离的一辈子。这便是她的夕阳岁月，是只属于她自己的桑榆暮景。物是人非事事休，欲语泪先流。

满庭芳，因唐吴融"满庭芳草易黄昏"诗句而得名，又名《锁阳台》《满庭霜》《潇湘夜雨》等。这首《满庭芳》词里处处充满了这个女子的沦落之苦和故国之思。那一种抚今忆昔的哀苦是明目张胆的。昔日的热闹，今时的寂寥。纵然她依旧完好地持守着只属于她的那一种气场，但她的身体、灵魂在长久的磨难当中已经兀自生长出另一种坚硬的气场，那是一种类似男儿的豪气。

晚来风势，难看梅花

年年雪里，常插梅花醉。按尽梅花无好意，赢得满衣清泪。

今年海角天涯，萧萧两鬓生华。看取晚来风势，故应难看梅花。

——李清照《清平乐》

又是一年冬天，雪花飞舞，梅花悄无声息地开放。李清照翻着曾经与丈夫一起著就的《金石录》，恍如隔世。

曾经的她，常常折一枝梅插在鬓角，开放的梅花如同一枝充满生命情致的簪子，佩簪人冰清玉洁，楚楚动人。在那高挑的侧影里，雪中寻香，岁月静好。

今年再插一枝梅花，却别有一番滋味。从头发上取下梅花，将散着清香的花瓣一瓣瓣揉搓，眼中的泪水也像飞落的梅花一样飘洒下来，一袖清泪，衣衫尽湿。

　　北方的大雪是纯粹的、绵重的，一场一场下下来，世界就会变成冷酷的尽头。苍白色入目，就像是荼蘼。于是，整个冬里，梅是她眼目中唯一的美丽。她行走在南方的城池里，始终都是带着路人的姿态，心中的飘零之感，是刺痛的。

　　她知道，这一年的自己，真的已经老了。老，是一个多么面目可怖的字眼，它充满对时光的敌意，充满落魄的归属感。她一生蹉跎至此，爱与不爱，早已是人间天上、海角天涯。昔年无意绪，而今又是，尚未踏雪寻梅，就已从晚来风势中预感到赏梅之事的艰难。如此世事，她心底是有唏嘘的。

　　弹指一挥间，妙龄少女早已成了白发老妪。此时的李清照大约已过耳顺之年。然而她的苦闷并没有被时间冲淡，而是一直压在心头，化不开，解不掉。靖康之难可以说是她人生的断裂带，那一场灾难带来的不只是国破还有家亡，她与丈夫天人两隔，心中留下了一道永难愈合的伤口。

　　在垂暮之年，她追忆过去，对自己早年、中年、晚年做了一番总结，写下了《清平乐》。全词含蓄而深沉，将自己的身世与梅花联系起来，依托花来抒发自己对不幸遭遇的哀婉和对国家命运的忧虑，看似平静淡然的字词里蕴藏了厚重的情感。当她历经时间的洗练，也渐渐洞察了一些人生当中素朴的道理。这是一个人老去的所得。纵然有"我是人间惆怅客，知君何事泪纵横。断肠声里忆平生"的感喟，最终，也只是沉默。

　　在旧事的记忆当中颠簸出尘，有一种喧嚣，又有一种静默。有一种繁盛，又有一种清落。有一种哀苦，却仍旧充满甘饴的味道。她一笑置之，干净利落，虽然依旧有叹息，却是轻盈的回首和触抚。李清照的这首《清平乐》，是气息沉稳闲定的。她于那一年的冬末，做了一回心绪微澜却真正气定神闲的讲述，将生平里的劫难、离散、获得与失去，一一摊开并笑忘。

风霜满鬓，梦断往事

梦断漏悄，愁浓酒恼。宝枕生寒，翠屏向晓。门外谁扫残红？夜来风。

玉箫声断人何处？春又去，忍把归期负。此情此恨此际，拟托行云，问东君。

——李清照《怨王孙》

清晨，她梦断于细微的滴漏声，寥落悲苦时，感官是具备放大作用的，那细微之音震得她心力交瘁。她就这样在自己筑起的囹圄里沉默，纱橱冰冷枕簟生寒，夜将尽，曙色欲升，她的目光越过那翠色屏风落到了远处。见门外残红遍地。是谁扫？夜来风。

他早已不在了，短过她的盼望，长过她的念想。春来春又去，却不见君归。"此情此恨此际，拟托行云，问东君。"肝肠便裂了七分，断了九寸。他次次出门，都花开荼蘼。他次次离去，都措手不及，但不足以将她击溃，直到他病亡离世永不再回。而赵明诚死后，李清照所经历的苦难，又是他纵然在天有灵也爱莫能助的。这个女人注定要在生之跌宕里活出姿态来。金石文物是他们的爱情证据，所以李清照视之重过生命。任何时刻，她都绝不会轻易将它们遗弃，哪怕命之垂危，生之将毁。但时逢乱世，让李清照这样一名手无缚鸡之力的弱女子来独自担当如此大量的文物的看护与搬运工作是绝对难于上青天的事，那些文物终究逃不过散佚的宿命。于是，她面对手头独存的少量书画砚墨，"更不忍置他所，常在卧榻下，手自开阖"。她颠沛流落的苦，即便赵明诚亡灵有知，那也是人间天上永世不得见的相望相隔。彼此之间的羁绊也已不是两情相悦的浓艳深意，而是一种相思两处闲愁的"脉脉不得语"。

在孤寂与凄凉里辞别尘世

/
/

绍兴二十六年（1156）前后，在萧瑟肃杀的秋风中，李清照悄然辞世。

忧伤如秋，是那抹绿肥红瘦，那抹相隔千年的情愁。沾一滴绿肥红瘦，再斟一两杯淡酒。登兰舟，雁字回时凭栏久，风住尘香花依旧，月又满西楼。

遥想易安当年，冰清玉洁韶华好，惊世绝伦，风华绝代。怎料知，有朝一日，物是人非事事休。这若风扶柳娇躯，一生跌宕，半生花瘦，竟让一部坚硬粗犷的青史，萌生出柔美千姿的温秀。一声长叹，两行泪流。

独到易安体

李清照擅写文，更擅长写词。李清照词，人称"易安词""漱玉词"，《易安集》《漱玉集》，宋人早有著录。

李清照的词作多见瑞脑沉香、钗裙针裳等闺阁之物，多为看月赏花、饮酒品茶等闺阁之事，多抒离愁别绪、闺怨寂寥之情。她善于捕捉生活细节，还善于运用浅近、清新的词句创意出奇，并提炼日常口语，采用白描手法，细致表现心境。在她一生三个时期的词作中，不论是多闲情雅致、清丽俊逸的前期之作，抑或是多离愁别绪、深沉隽永的中期之篇，还是孤寂凄凉的后期之音，都是她一生情感沧桑的真实写照。

李清照被誉为"中国古代第一女词人"，后人对其评价都很高。

她主张词"别是一家"，要求作词在内容风格上当有别于诗，协律、高雅、浑成、典重、情致、铺叙、故实，此七点是她对词的审美要求。因此，她的词极具个性，自成一体。她善于向前人学习，她不仅接受了婉约词人的影响，也接受了她最不满意的苏轼豪放词风的影响，成为两宋词坛上一位承前启后的大家。

易安词分好几个阶段，有少女时期的纯真，如《点绛唇》中"见有人来，和羞走，倚门回首，却把青梅嗅"，这里是少女怀春时的那种娇憨、羞涩。也有少妇的幽思，因为和丈夫赵明诚聚少离多，经常一个人独守空房，词人内心备感孤独，不能自已。如《醉花阴》中"东篱把盏黄昏后，有暗香盈袖，莫道不销魂，帘卷西风，人比黄花瘦"。这首词受到时人的称颂。

她凭借女人的独到视角、心思与笔触创造了不同于男性且不逊于男性的词风，更为自己在那个男权至上的社会赢得了无数男性的尊重与赞誉，也为女性的发展创造了更多可能性。明《词品》曰："宋人中填词，李易安亦称冠绝，当与秦七黄九争雄。"在古代，能与男子相提并论已经是对一个女子最大的褒奖了。"生当作人杰，死亦为鬼雄"这样气吞山河的词怎能不让一个个七尺男儿自愧弗如！

图书在版编目（CIP）数据

李清照词传 / 兰泊宁著. —成都：天地出版社，
2023.3
　（诗词里的中国）
　ISBN 978-7-5455-6870-7

　Ⅰ.①李… Ⅱ.①兰… Ⅲ.①李清照（1084–约
1151）—传记 Ⅳ.①K825.6

中国版本图书馆CIP数据核字（2021）第266918号

LI QINGZHAO CI ZHUAN

李清照词传

出 品 人	杨　政
作　　者	兰泊宁
责任编辑	袁静梅
封面设计	金牍文化·车球
内文排版	麦莫瑞文化
责任印制	王学锋

出版发行　天地出版社
　　　　　（成都市锦江区三色路238号 邮政编码：610023）
　　　　　（北京市方庄芳群园3区3号 邮政编码：100078）
网　　址　http://www.tiandiph.com
电子邮箱　tianditg@163.com
经　　销　新华文轩出版传媒股份有限公司

印　　刷　玖龙（天津）印刷有限公司
版　　次　2023年3月第1版
印　　次　2023年3月第1次印刷
开　　本　880mm×1230mm　1/32
印　　张　8.75
字　　数　173千字
定　　价　39.80元
书　　号　ISBN 978-7-5455-6870-7